Irene Pietsch

KOSELBRUNN

Mandamos Verlag

© 2018 Irene Pietsch

Umschlag, Illustration: Irene Pietsch

Verlag:

Mandamos Verlag UG (haftungsbeschränkt)
Alte Rabenstr. 6, 20148 Hamburg

Herstellung und Auslieferung:

tredition GmbH
Halenreie 42, 22359 Hamburg

ISBN

Paperback   978-3-946267-42-3

Hardcover   978-3-946267-43-0

e-Book   978-3-946267-44-7

Inhaltsverzeichnis

„Molden hatte mich ermutigt, einen Brief an die Präsidentengattin zu schreiben. Für ihn als Wiener, einen Diplomaten der Republik Österreich, war das aus historischer Sicht der gangbarste Weg, um ins Gespräch zu kommen, falls alle anderen Gelegenheiten verpasst worden sein sollten…

Ich überlegte und schrieb ein paar Zeilen. Handschriftlich, aber leserlich. Ich war mir selber fremd."

(„Der Vierte Alliierte" S. 221 / 222)

Die Zeit war noch nicht reif dafür, fand ich damals und meine auch heute noch, damit richtig gelegen zu haben, was Fritz Molden mit intimen Erkenntnissen von politischen Aktivitäten, besonders auch im Nahen Osten, widerstrebt haben mag, sich jedoch — aus welchen Gründen auch immer - vertiefende Kommentierungen versagte.

Zehn Jahre nach Veröffentlichung von „Heikle Freundschaften - Mit den Putins Russland erleben", vertraute ich neue Reflektionen, die auf alten Erkenntnissen beruhten, einer Fabel an.

Jetzt, nach der vierten Wahl von Wladimir Putin zum Präsidenten der Russischen Föderation, halte ich den Zeitpunkt für gekommen, eine überarbeitete, zweiteilige Fassung davon zu veröffentlichen. Es ist kein simpler Begleitbrief zu „Heikle Freundschaften – Mit den Putins Russland erleben", sondern nach jahrelangen Beobachtungen der Entwicklung, die spätestens in den Jahren 1996/97 begannen, ein Appell auf Basis des Gedankengutes, das mir Ljudmila Alexandrowna in einem Konvolut an Briefen bis zu Beginn der ersten Präsidentschaft von Wladimir Wladimirowitsch Putin übermittelte.

Hamburg, im Frühjahr 2018

Irene Pietsch

PAR AVION

an Irene Pietsch
Harvestehuder Weg, 38
20149 Hamburg
Deutschland
Германия
Гамбург

Россия, Москва
ул. Ак. Зелинского д. 6 кв. 84
Путиной Л. А.

9

Eine wirkliche Fabel

nach

Jeux d'enfants

von

Georges Bizet

1

Es ist ein ganz normaler Sonntagnachmittag, und doch irgendwie anders. Etwas Besonderes liegt in der Luft.

Auf der Terrasse des größten Hauses weit und breit sitzt ein hagerer, ernster Mann am gedeckten Kaffeetisch und sieht in immer kürzeren Abständen auf seine goldene Armbanduhr. Genau dieser kritische Blick ist es, der eine schwer erklärliche Unruhe in das sonst so friedliche Bild einer harmonischen – etwas spießigen – Familie bringt, weil er nichts

Gutes zu verheißen scheint, zumal gerade jetzt ein sommersprossiger Rotschopf heranstürmt, als wenn es gälte, Verfolger abzuschütteln.

„Vater, so hör doch! Sie kommen", japst er ein ums andere Mal.

Der Vater ist Herr Himmelheber. Als Bürgermeister der Stadt gibt er sich sehr würdevoll, was daran zu erkennen ist, dass er selten zu Scherzen aufgelegt ist.

„Felix, schrei' nicht so herum!", tadelt er den Kleinen denn auch sofort. „Was heißt überhaupt ‚s i e kommen'?"

Er räuspert sich.

„Ist Deine Mutter auch bei „sie"?"

Felix schüttelt den Kopf.

Herr Himmelheber zieht die rechte Augenbraue zu einem spitzen Dreieck hoch, was ein wenig einstudiert wirkt und was es wahrscheinlich auch ist. Im Theater kommt man für diesen Effekt selten ohne Maske aus.

„Es ist bereits mehrere Minuten über der Zeit!"

Der Junge schaut dem Vater mit einer Direktheit ins Gesicht, als wolle er ihn entlarven.

Dann trotzig:

„Die Soldaten kommen! Und vornweg macht ihr Anführer in einem

knatternden Auto ohne Verdeck ein Riesenspektakel. Er trägt eine Uniform wie die anderen, nur auf seinen Schultern glänzt es wie bei Mutter, wenn sie ihre Hauptbroschen anzieht."

„Die Hauptbroschen sind Orden und man zieht sie nicht an, sondern trägt sie. Und ,ohne Verdeck' gibt es nicht. Irgendwo wird er schon sein Verdeck haben, Dein Herr ,Anführer'."

„Auf den Händen?"

„Was ,auf den Händen'?"

„Muss man Orden auf den Händen tragen?"

„Man kann."

„Wie Mutter?"

„Das sind Ringe."

„Die trägt der Anführer auch…"

Felix atmet tief und zerkaut dann die Luft mit seinen Milchzähnen, was in einem Schluckauf mündet, der schnell vorbei geht, als sein Vater ihm rät, sich auf den Kopf zu stellen.

„…und auf den Ärmeln hat der…

„Kommandeur", flicht Herr Himmelheber schnell ein, bevor Felix noch einmal mit „Anführer" kommt.

„…mehr goldene Streifen als ich Finger an beiden Händen zusammen", stößt er voller Achtung hervor.

Herr Himmelheber lacht.

„Dann sag doch mal genau, wie viele Streifen Du auf jedem Ärmel gezählt hast", weicht er dem gedanklichen Streifzug seines Nachwuchses aus, um nicht in Verlegenheit zu kommen, sämtliche protokollarischen Extrafeinheiten von Orden welcher Klassen auch immer erklären zu müssen.

„Ich weiß es nicht", antwortet Felix wahrheitsgemäß und erntet dafür schallendes Gelächter. Herr Himmelheber hält sich geradezu den Bauch vor Lachen.

„Das soll man also glauben! Die ganzen Ärmel von oben bis unten voll mit goldenem Besatz!", ruft er ein ums andere Mal.

„Gleich wirst Du uns wieder weismachen wollen, Du hättest unter dem Postkasten an der Straße gesessen und dort gehört, wie sich die Briefe in aller Akkuratesse über alle Petitessen unterhielten", spottet Herr Himmelheber. Er ist Vorstandsvorsitzender der örtlichen Arbeitsgemeinschaft für akademische und berufene Laiendarsteller und bereitet gerade die jährliche Uraufführung einer satirischen Boulevardkomödie vor, in der er sich selber spielt und deshalb – bis zur ersten Probe mit den Ko-Akteuren aus diversen Rathäusern

der Bundesländer - zu sprunghaften Themenwechseln neigt, um die verschiedenen Rollen des Stückes zu simulieren. Gerade war es ein Polizeipräsident gewesen, einer von der Sorte mit dem scharfen Dreieck einer Augenbraue. Jetzt ist er der Innenminister. Danach – das kommt darauf an, was ihm als allround Vorstandsvorsitzendem zugespielt wird, worauf er im Augenblick noch wartet.

Felix überhört gekonnt, was er nicht versteht. Das ist zwar nicht immer probat, aber die beste Medizin, wenn der Vater mit sich beschäftigt ist.

„Sie kommen aber wirklich! Ich habe ihr Lied gehört! Ganz laut! Und die Trompete klingt wie..."

Wieder schnappt er vor Erregung nach Luft und sucht nach dem passenden Wort.

„Wie Silber", hilft ihm die Mutter rasch, die gerade rechtzeitig hinzugetreten ist.

„Unsinn!", grunzt Herr Himmelheber, noch nicht sicher, ob er das den Polizeipräsidenten oder den Innenminister sagen lassen will. Vielleicht bewahrt er diesen kostbaren Einwurf auch für sich als Bürgermeister auf. Es kommt auch hier darauf an, was ihm als Vorstandsvorsitzenden zugespielt wird. Momentan stellt er die hohe Erwartung an seine Frau.

„Felix", wendet die sich sanft an den Jungen, „lass die Soldaten, wo sie sind – oder hast Du sie etwa zu uns eingeladen?"

Sie schüttelt Felix. Der nickt mit dem Kopf.

„Du hast also…"

„Er ist ein kleines Ungeheuer!", knurrt Herr Himmelheber.

„Er ist kein kleines Ungeheuer, er ist Dein Sohn, August!"

„Ein schönes Kompliment!"

Felix steht still und stumm.

„Felix, wir brauchen die Soldaten nicht", wendet Anna Himmelheber sich sanft an ihren Sohn.

Haben wir es nicht auch ohne Parademarsch und Kommandos sehr schön hier?"

Felix schaut die Mutter zweifelnd an. Sie trägt heute Nachmittag keine Broschen, nur eine Spange im Haar. Die allerdings mit Steinen besetzt.

„Trägst Du einen Orden im Haar?"

Herr Himmelheber räuspert sich, als ob er angesprochen worden wäre, wobei außer Zweifel steht, dass sein Haar keine Spange halten würde.

„Das ist eine Dienstmütze", mischt er sich ein.

„Unsinn!", kontert seine Frau. „Das war noch nie eine Dienstmütze und wird auch nie eine

werden. Du verwechselst irgend-
etwas. Ich möchte lieber nicht
wissen, warum."

Frau Himmelheber lächelt den ge-
fährlichen Moment einer emotio-
nalen Entgleisung weg.

„Was Dich betrifft", sie schaut
ihren August herausfordernd an,
„so meine ich, dass Du einen
Sonnenhut tragen solltest". Und
zu Felix: „Gib zu, Du hast ge-
träumt, dass Du die Kompanie
eingeladen hast!"

Felix macht große Augen. *„Habe
ich gar nicht."*

„Warum hast Du dann genickt?"

„Du hast mich festgehalten."

„Am Kopf?"

„Anna, Du hast ihn am Arm geschüttelt!"

„Deswegen muss er doch nicht in die falsche Richtung nicken!"

Sie lächelt ihr Frau-Bürgermeister-Empfangskomitee-Lächeln.

„Natürlich kommen keine Soldaten - und auch kein Feldherr", fügt sie mit einem leisen Unterton des Bedauerns hinzu.

Es klingt zwar sanft, aber so bestimmt, dass Widerworte nicht infrage kommen. Sogar Bürgermeister Himmelheber hält sich in Spielprobenpausen außerhalb der regulären Dienststunden daran, so sehr, dass die Eltern in der

Summe aller zur Verfügung stehenden Möglichkeiten einerseits immer mehr, andererseits immer weniger Zeit für Felix haben, der deshalb tagaus, tagein mit seiner Puppe unter dem Briefkasten an der Straße sitzt und den Briefen zuhört, bevor sie in alle Welt weiter reisen.

Auch jetzt ist Herr Himmelheber in Gedanken wieder ganz woanders. Der Innenminister muss noch einen zusätzlichen Dialog eingearbeitet bekommen, der die Tagesthemen streifen soll.

Er hat sich von seiner Frau abgewandt, die auf das Tortenstück vor sich blickt.

„Was stehst Du herum und sagst nichts?", schnauzt er Felix unvermittelt an, als habe er einen Delinquenten vor sich.

Der zuckt zusammen. *„Ich meine…"*, stottert er.

„So fängt das immer an. Davon fallen noch keine Ciceros und Ciceronen vom Himmel."

„Du solltest Dich schämen!", fällt ihm Frau Himmelheber in seine schöne Dialogidee.

„Weswegen?"

„Genau das habe ich mir gedacht, dass Du mal wieder null Ahnung hast, über was ich gerade nachdenke. Aber schämen soll ich mich! Und wenn ich das nun nicht tue, was dann?"

Frau Bürgermeister Himmelheber lächelt. Herr Bürgermeister Himmelheber wendet sich grimmig ab, als habe ihm Cato den Cicero vermasselt.

„Ich wollte…", meldet sich Felix wieder zu Worte.

Vater August und Mutter Anna warten gespannt.

„Ich wollte…"

Wie kann er es glaubwürdig überbringen, dass er die Nachricht von dem zu erwartenden Besuch von einer Bassstimme hat, deren Volumen den Blechkasten fast ins Wanken gebracht hat?

„Der Feldmann kommt mit Leibkoch, Gewandmeister…äh… "

Der Vater ist noch immer oder schon wieder woanders. Er spielt mit seinem Mobiltelefon, während die Mutter ihre beringten Hände begutachtet.

Dann wie nebenbei zu Felix:

„Woher hast Du das?"

„*Von Dir.*"

„Was von mir?"

„*Mit dem Gewandmeister.*"

„Warst Du etwa heimlich in ‚Kalif Storch', obwohl Du das schon dreimal gesehen hast und ich ein viertes Mal verboten habe?"

„*…sogar Stallmeister haben sie, eine Kammerjungfer und Missjö* *und Madamm Figaro*", hat meine Puppe gesagt, erkämpft sich Felix das Wort.

Vater und Mutter Himmelheber geben sich unbeeindruckt.

„Feldherr, nicht Feldmann, Felix", sagt schließlich die Mutter wie nebenbei, „aber das musst Du noch nicht wissen."

Herr Himmelheber spielt weiter mit dem Mobiltelefon.

„Er ist alt genug, um nicht Feldmann zu sagen, wenn es sich um einen Feldherrn handelt", merkt Vater August ohne aufzugucken an, während Frau Anna unentwegt ihre Ringe betrachtet, so dass Felix sich unbemerkt auf und davon stehlen will.

Herr Himmelheber merkt sich das
für den Polizeipräsidenten.

„Felix, bleib hier!"

Felix bleibt wie angewurzelt
stehen.

„Du musst Dich mehr um die Familie kümmern! Wie heißt Dein Patenonkel, der Maître?"

„*Koselbrunn.* "

„Und was war sein Vater?"

„*Feldmarschall.* "

Frau Himmelheber nimmt einen
Ring ab und hält ihn gegen die
Sonne, reibt ihn an der leinenen
Tischdecke blank und steckt ihn
wieder auf.

„Siehst Du, der ist auch kein einfacher Feldmann mehr gewesen", sagt sie.

„War er vorher einer?"

„Ich denke schon."

„Was redest Du dem Jungen für einen Unsinn ein!", herrscht Herr Himmelheber seine Frau an.

„Wenn der Koselbrunn das hören würde, hättest Du es für alle Zeiten mit ihm verdorben!", protestiert Frau Himmelheber.

Die Passage mit dem Koselbrunn will Herr Himmelheber gerade deswegen für seinen Bühnenauftritt reservieren. Koselbrunn ist für fiktive Streitgespräche gut zu haben. Seine Frau kennt ihn nicht von der Seite.

Anna Himmelheber kennt auch ihren Mann nicht von der Seite und nimmt einen anderen Ring von den Fingern, poliert ihn gründlich nach und steckt ihn wieder auf.

„Geh nur, Felix, Vater und ich haben etwas zu besprechen. Ich rufe Dich zum Abendessen."

Eigentlich möchte Felix jetzt gerade bleiben, aber er trollt sich zum Briefkasten.

„Hör mal!", flüstert er der Puppe leise ins Gesicht. Ohren hat sie nicht, was Felix nicht stört, solange ihr nichts entgeht. *„Pass auf!"*, gibt er ihr gerade jetzt ein Zeichen, *„da ist wieder der Bass von vorhin!"*

„Ich bin der Meinung, unser Bürgermeister sollte seine Exzellenz, den Generalfeldmarschall, schriftlich einladen!", kommt es dunkeldumpf aus dem Briefkasten, dessen Bauch wahrscheinlich noch zu leer ist, um schön klingen zu können.

„Große Stimmen in leeren Blechkästen wirken einfach nicht", denkt sich Felix, der selber sehr gute Ohren hat und bei seinen Eltern als musikalisch gilt.

„Was halten Sie von meiner Idee, Verehrteste?", tönt es.

Felix hört inzwischen besonders aufmerksam zu, weil von seinem Vater, dem Bürgermeister, die Rede ist.

„Die Leute lieben Exzellenzen in Uniformen, aber noch viel mehr Offiziere und Politessen", gibt der Bass als Grund für seinen Vorschlag an.

„Hast du das mitbekommen?" Felix küsst die Puppe auf den Bauch. *„Gut, dass wir Genaueres erfahren. Es gibt also nicht nur den Großvater von Metter Koselbrunn und Soldaten. Wenn ich es richtig verstehe, hat der Feldmann mit den Tresen auch ein Patenkind als Offizier."*

„Tressen", korrigiert ihn die Puppe und bekommt dafür einen Knuff.

„Und wer ist die „Verehrteste", wenn Du schon Tressen weißt...?"

„Kennst", sagt die Puppe. „Der Generalfeldmarschall hat Tressen und keine Tresen am Ärmel."

„Und weil ich die gezählt habe, kenne ich sie?"

„Genau! Du weißt mich nicht, Du kennst mich, oder?"

„Genau", sagt *Felix* und ist froh, seine Puppe zu haben, die ihm alles zu gut erklären kann. *„Vielleicht sagst Du mir auch noch, warum es Tressen und nicht Tresen heißt?"*

„Das habe ich nicht mehr so genau im Kopf. Bei Tressen bin ich mir sicher, aber bei Tresen komme ich wissenstechnisch etwas in die Bredouille. Du kannst mal Deinen Vater fragen."

2

„Ganz so einfach ist die Sache nun auch wieder nicht!", meldet sich ein klarer Sopran zu Worte, als Felix das nächste Mal wieder mit der Puppe unter dem Postkasten sitzt. „Seine Exzellenz wird auf Auslandsreisen immer von Offizieren aus seiner Armee begleitet. Das könnte missverstanden werden."

„*Diese Stimme muss die ‚Verehrteste' sein*", kombiniert Felix als erfahrener Briefzuhörer.

Der Bass gibt sich daraufhin wortkarg. Er ist es offenbar nicht gewohnt, keine spontane Zustimmung zu bekommen, was die

„Verehrteste" nicht im geringsten zu irritieren scheint.

„Sie, mein Lieber, werden schon mal leise im Amt anfragen...", hebt Sie mit Bestimmtheit an.

„Wieso im Amt?", unterbricht „mein Lieber" polternd. „Sind wir schon so weit, dass man von der Regierung im Rathaus als ‚im Amt' spricht?" Er klingt richtiggehend wütend.

„Haben wir ein Amt?", fragt Felix seine Puppe.

Die schüttelt leise den Kopf. Als Bestätigung ihrer Einschätzung klingt es sofort aus dem Briefkasten:

„Mein Lieber, seien Sie doch nicht so unangemessen aufgeregt!

Natürlich meine ich nicht die Amtsleitung unseres Bürgermeisters. Den Aufwand für sein jährliches Theater kann man bei weitem noch nicht ‚bei Hofe' nennen. Ich habe selbstverständlich und ausschließlich an die Spesen für seine Exzellenz gedacht. Die Offiziere gehen je nach Rang und Orden extra."

„Sie könnte eigentlich mal Luft holen", denkt Felix. *„Warum sagt Mutter nicht, dass sie Vater Briefe schreibt, in denen sie ihm mal richtig die Meinung sagt, bis er sie wieder ‚Verehrteste' nennt, weil sie Frau Bürgermeisterin ist?"*

„Sie werden also den Besuch in die Wege leiten und vorschlagen, dass statt Offizieren Politessen in Galauniformen mitkommen mögen. Das wirkt freundlicher", diktiert die „Verehrteste" ihre Vorstellungen weiter.

„So soll es sein", pflichtet „mein Lieber" bedeutsam bei. „Es besteht jetzt eine geheime Absprache zwischen uns beiden. Nur muss ich schnell noch ausrechnen, ob das Eventpaket so nicht teurer wird als es in der Standardausstattung kosten würde."

„Das kommt darauf an", wiegelt die „Verehrteste" ab. „Politessen essen vielleicht weniger, aber Offiziere machen mehr kaputt. Sie müssen auch bedenken, dass es nur einen Leutnant gibt. Die Mehrzahl davon ist ein dummes Gerücht, das aus der Junggesellenzeit seiner Exzellenz stammt. Es handelte sich um eine Polileut."

Felix nimmt sich vor, den Vater auch zu fragen, ob „Leutnant" wichtige Leute sind.

Die Antwort von „mein Lieber" bleibt aus.

„Haben Sie verstanden?", hakt die „Verehrteste" nach.

Nichts.

Dann noch einmal, wie Felix es von Eveline Huseldrom, der Vorzimmerdame seines Vaters, kennt, die ihn damit jedesmal in Rage bringt, so dass alles noch ein- mal geschrieben werden muss:

„Eine Polileut und ein paar Po- litessen! Merken Sie sich das bitte für Ihre Kalkulation vor."

„Mein Lieber" brummt gefährlich tief. Er hört gar nicht mehr auf. Der Postkasten fängt an zu schwingen. Es klingt, als wenn ein Orchester von Bassgeigen die Straße bevölkern würde. Felix und seine Puppe pressen sich bäuchlings in das krude Gras.

„Ich finde, er geht zu weit", sagt die Puppe."

„Kann er doch gar nicht! Der Briefkasten ist viel zu klein!", flüstert Felix.

„Das müsste er als erfahrener Bass wissen! Wo kämen wir hin, wenn alle Bässe sich jeden Platz nehmen würden, den sie meinen haben zu müssen!", flüstert die Puppe zurück. „Kannst Du mich mal umdrehen? Das olle Sägemehl in meinem Bauch fängt an zu klumpen."

„Das sagt mein Vater auch immer zu Tante Huseldrom."

Felix dreht die Puppe um.

„Danke, das tut gut." Sie lüftet ihr Sägemehl mit ein paar tiefen Atemzügen. Dann nimmt sie den Gesprächsfaden wieder auf. „Was ich noch sagen wollte: Mit einem Unterschied! Die Huseldrom ist kein Bass!"

„*Umso schlimmer – aber Herr Huseldrom ist einer, wenn auch
nicht ,mein Lieber'! Das hat Vater gesagt.*"

„Das hat Dein Vater nicht gesagt. Er hat von Koselbrunn gesprochen. Der ist sein ,mein
Lieber', worüber er sich trotzdem mit ihm streiten will, obwohl er keinen Bass hat und wohl
auch keinen mehr bekommt."

„Ich wiederhole: eine Polileut",
lässt sich jetzt die „Verehrteste" vernehmen. „Mein Lieber"
ist im Nu mucksmäuschenstill.
„Ihre Sparsamkeit in allen Ehren, aber ich würde meinen wollen, dass eine Polileut nicht
übermäßig zu Buche schlägt. Wir

müssen einfach umdisponieren und statt der Politessen seine Exzellenz auf ein Sonderkonto buchen. Aber das dürfte das kleinste Problem sein."

„Hört sich genau wie Tante Huseldrom an", gibt Felix seiner Puppe zu bedenken. *„Sie hat so etwas wie ein Sonderkonto. Vater sagt, das ist seine Portokasse für Eventallitäten."*

Die Puppe überlegt.

„Erstens heißt es ‚Eventualitäten'. Das ist so etwas wie ein Ersatz für alles, was man für die Zukunft plant und zweitens glaube ich nicht, dass er sie in einen Briefkasten sperrt. Dann kommt er ja nicht mehr an seine Portokasse ran."

Felix glaubt das auch und nimmt sich vor, für alle Eventualitäten bessere Prophylaxe zu treffen, was ihm schwerfällt, weil er immer wieder vergisst, sein Sparschwein zu füttern, so dass es wegen akuter Unterernährung von der Huseldrom in Herrn Himmelhebers Dienstsafe geschlossen worden ist. „Bis auf Weiteres", hat August Himmelheber Felix wissen lassen, der es zufrieden war.

„Um ehrlich zu sein, wäre es mir lieber, es gäbe gar keine Gardistin", meldet sich mein Lieber jetzt zu Wort. „Überhaupt sind

Politessen furchtbar anspruchs-
voll und eine, die zur Polileut
ernannt worden ist, noch um einiges mehr!"

„Mein Lieber" ist entweder ein
ausgemachter Geizhals oder hat
schlechte Erfahrung gemacht.

„Sie ahnen nicht, dass wir von
ihrem Geheimnis wissen!" Felix
presst die Puppe an sich, um zu
unterstreichen, dass sie jetzt
noch enger zusammen gehören als
vorher. „Was meinst Du – muss
ich den Vater in die Pläne einweihen? Oder besser die Mutter?"

Die Puppe enthält sich der Stimme, was Felix als Aufforderung

versteht, zu Hause eine friedliche „Generalmobilmachung" zu verkünden.

Er rennt zurück.

Vor Eile, nur ja schnell in das Gespräch der Briefe einweihen zu können, vergisst er seine gute Erziehung und betritt ohne anzuklopfen das Arbeitszimmer von Vater August, um gleich darauf eine faustdicke Überraschung zu erleben. Bürgermeister Himmelheber thront nicht, wie gewohnt, auf seinem Lieblingsplatz, dem dick gepolsterten Schreibtischsessel, sondern steht in der Mitte des Raumes und brüllt:

„Wo ist mein Vorzimmer?"

„*Wenn das Tante Huseldrom hören würde, dass er sie ‚sein Vorzimmer‘ nennt!*", schämt sich Felix fremd.

„Sie soll mir umgehend die Vorlage für das Programm geben!"

Bürgermeister Himmelheber ist in seinem Element.

„Sie hat Urlaub? Jetzt? Wer hat ihr das genehmigt?"

August Himmelheber taumelt, fängt sich aber wieder.

„Verdammt noch mal, es muss doch außer mir noch einen geben, der mitdenkt! Wo ist die Gästeliste?

Frau Himmelheber! Frau Hiimmelheber! Anna!!"

„Ich glaube, Mutter hat sich hingelegt. Das tut sie immer, wenn sie Kaffee getrunken hat."

Felix wird nicht gehört.

„Was soll es denn überhaupt zu essen geben?", tobt Herr Himmelheber weiter.

„Hätten Sie vielleicht auch die Güte darüber nachzudenken, welche Kleidung vorgeschrieben ist? Falls Sie es noch nicht gemerkt haben – der Generalfeldmarschall kommt. Mit seinen Amazonen! Das will organisiert sein. Binden Sie ihre Schürze ab – nein, natürlich um – und machen sich an die Arbeit, wenn Sie schon hinter meinem Rücken der Huseldrom Ausgang gegeben haben!"

August Himmelheber hält inne.

„Frau Himmelheber ist ja gar nicht anwesend!", stellt er staunend fest und entdeckt seinen Sohn.

„Du hast mich belauscht?"

„Ich habe Dich schon unten an der Straße gehört, als der Kasten hin- und hergeschwenkt hat…"

„Ich habe etwas brummen hören, das stimmt. Ich dachte, es ist ein Rasenmäher - sein Kasten hat geschwenkt."

„Der Briefkasten."

„Der kann nicht schwenken."

„‚Mein Lieber' hat sich voll ins Zeug geworfen. Da ist er voll geschwankt."

„Hat geschwankt! Und nicht zweimal ‚voll'. Wie kommst Du übri-
gens auf ‚mein Lieber?"

„Von Mutter."

Herr Himmelheber zwinkert un-
gläubig mit den Augen.

„So so, Deine Mutter… Dann erzähl mal, ist es wahr, was mir
die stellvertretende Amtsleitung gerade durchkonjugiert hat?
Wir bekommen hohen Besuch?"

„Glaub ihr nicht! ‚Mein Lieber'
und die ‚Vielersteste" streiten
noch, wie hoch er ist."

„Die wer?"

Felix versucht sich erneut an
der „Verehrtesten".

„Wie Du Mutter nennst, wenn sie wieder gut sein soll."

„Ach das! Dann erzähl mal genau. Ich bin schon gespannt." Er lächelt in sich hinein. „Wünsch Dir was!"

„Ich?"

„Du, nicht Mutter! In Deiner Stelle würde ich mich nicht zweimal auffordern lassen."

Felix lässt sich dann auch nicht mehr lange bitten und langt ordentlich zu: *„Ich möchte einen Tag lang, mindestens aber einen halben, mit der Pollilaut vom Genall Feldmann im Sandkasten spielen."*

„Generalfeldmarschall,Felix! Du solltest Dich mit Deiner Familie befassen. Was war der Vater von Deinem Patenonkel, dem Maître?"

„Sie haben nämlich nur eine und die soll sehr teuer sein. Das geht richtig an die Portokasse."

„Felix!

„Was war der Vater von…"

„Feldmarschall, weiß ich doch, aber hatte der Vater vom Metter Koselbrunn auch einen Vater?"

„Und eine Mutter. Von der stammt der Generalfeldmarschall."

„Dann werde ich auch einer?"

„Nicht sofort. Man wird nicht gleich in voller Generalfeldmarschallmontur geboren!"

Felix bohrt in der Nase.

„Wenn ich das so sehe, gibt es noch viel mehr zu tun, als ich befürchtet habe! Erstens: Nimm den Finger aus der Nase! Zweitens: Erzähl!"

„Ob er das mit dem ‚erstens' und ‚zweitens' von meiner Puppe hat?", überlegt Felix und spürt so etwas wie Eifersucht, will wegrennen und wird gerade noch von Vater August wieder eingefangen, der sich genauestens in die Pläne von „mein Lieber" und der „Verehrtesten" einweihen lassen will.

„August, ich soll also…"

„Felix! Seit wann nennst Du mich August?"

„Seit jetzt."

3

Felix kommt mit seinem „August"
nicht durch. Herr Himmelheber
ist und bleibt eine Authorität
und den Besuch seiner Exzellenz
erklärt er zur Chefsache. Die
macht er so gut, dass - bevor
man sich's versehen hat - der
große Tag gekommen ist, an dem
der hohe Gast mit seinem Gefolge
im Rathaus herzlich begrüßt wird
und Felix seine Polileut kennen-
lernt, die rund fünfzehn Jahre
älter ist als er, obwohl er
schon ein wichtiges Jahr dazu
gewonnen hat, seinen ersten regulären Haarschnitt hat über

sich ergehen lassen, fünf Zentimeter gewachsen ist und auch ein paar Kilo mehr wiegt. Er verschluckt noch immer Silben und verhaspelt sich, dass es sich wie ein urkomisches Gemisch aus eigener und fremder Sprache anhört, die nur mit viel gutem Willen und Einfühlungsvermögen verstanden werden kann.

„Ist das eine Galauniform?", versucht Felix nach einer beiderseitigen Verlegenheitspause die Unterhaltung so in Gang zu bringen, wie er es von Vater und Mutter gewohnt ist, wenn sie sich gestritten haben und auf eine gütliche Einigung aus sind.

„Ich habe sie geerbt und muss aufpassen, dass sie nicht auseinanderfällt."

„Meine Mutter sagt dazu ,ein alter Fetzen'."

„Bei uns sagt man das nicht. Wir haben prinzipiell keine alten Fetzen. Ich trage dieses hier - sie zupft an ihrer Jacke - hin und wieder zu einem Schneidermeister."

„Genau das passiert der Anna - äh, meiner Mutter - auch, wenn sie zuviel gegessen hat. Tragen tut sie sonst auch noch Orden und eine Spange."

Die Polileut lacht.

„*Ihre Gala sieht auch ohne Orden und Spangen extra… wie ein Damensmoking aus!*", platzt Felix voller Bewunderung heraus.

Er hatte „extravagant" sagen wollen, war gedanklich bei „ausgefallen", hat „ausvagant" in Erwägung gezogen und ist bei „extra" stehen geblieben.

„*Mutter ist ganz scharf darauf, aber Vater sagt, das gehört sich für die Frau eines Bürgermeisters nicht – wie finden Sie, dass ich ihn nicht 'August' nennen darf?*"

„Und Du?"

„*Ich bin wie Mutter.*"

„Dann lass uns ein Haus bauen."

„Nur ein Haus?"

„Es kann auch eine Burg werden."

„Nur eine Burg?"

„Du möchtest mich als Burgfräulein im Damensmoking?"

„Wenn ich bleiben darf wie ich bin, schon sehr gerne!"

„Da möchte ich drum bitten."

„Muss das eigentlich alles sein, wenn wir heiraten?"

„An einem ganzen Spieltag wird das doch wohl drinliegen!"

Felix nickt, obwohl er nicht so richtig verstanden hat, was mit „das doch wohl drin liegen" gemeint ist, so dass einer Trauung eigentlich nichts mehr im Wege stehen würde, wenn ihn nicht

Zweifel plagen würden, die er nicht aussprechen mag.

„Können wir nicht einfach so Hochzeit machen?", fragt er. *„Ich habe meine Eltern noch gar nicht gefragt und hinterher bekomme ich deswegen den Hosenboden versohlt."*

Die Polileut macht größere Augen als Felix es lieb ist.

„Sie sind schockiert? Das tut mir leid! Haben Sie denn noch nie etwas von einem versohlten Hosenboden gehört?"

„‚Hochzeit machen' ist nichts für Dich", antwortet die Polileut mit Bedacht. „Das sehe ich Dir an der Nasenspitze an."

„Bei einer Trauung darf man genauso wenig lügen!"

„Ich würde meinen – wie sagt man? Frisch gewagt, ist halb gewonnen". Die Polileut will die Sache hinter sich bringen, aber Felix will nicht nur halb gewinnen, wenn er schon mehr wagen muss als er sich vorher hatte träumen lassen. Er fragt geistesgegenwärtig nach dem Namen seiner schneidigen Zukünftigen.

„Olga Rosella." Sie nuschelt, als ob sie eine Spange trüge und rollt das „R".

„Holger Ros...?"

„Das fängt ja schon gut an mit Dir. Wer ist denn ‚Holger' in Eurer Familie?"

„*Holger ist der Sohn von Tante Eveline.*"

„Und wer ist Tante Eveline?"

„*Tante Huseldrom, die Vorzimmerdame von meinem Vater.*"

Olga Rosella ist ganz Ohr, möchte aber doch nicht länger „Holger" heißen und korrigiert Felix dahingehend:

„Wie Du gesehen hast, bin ich weder die Vorzimmerdame von dem Generalfeldmarschall noch die von Deinem Vater und schlag es Dir aus dem Kopf, dass ich irgendwann Deine werde!"

„*Ich denke...*" - Felix ignoriert mutig die Möglichkeit eines versohlten Hosenbodens - „*...wir wollen jetzt heiraten?*"

„Bei uns ist das nicht Bedingung, um an eine Vorzimmerdame zu kommen und auch nicht für eine Vorzimmerdame, um an einen Generalfeldmarschall oder einen Bürgermeister zu kommen. Ich finde Dich nett und würde Dich noch netter finden, wenn Du mich Olga nennen würdest."

„‚Nett' ist bei uns was ganz Dolles."

„‚Nett' ist bei uns nichts Dolles. Wenn das so weitergeht, können wir die Hochzeitspläne gleich annullieren!"

„Was sagt ihr denn für was Dolles, wenn nicht ‚nett'?"

„Zum Beispiel ‚knorke', aber das ist auch nicht immer nett."

„Dann will ich das gar nicht erst lernen."

So geht das noch eine Weile hin und her, bis die beiden die Trauung dann selber vornehmen und sich danach unter den Postkasten an der Straße setzen, wo Felix Olga Rosella in das Geheimnis der sprechenden Briefe einweihen will. Sie lauschen jedoch vergeblich. Wegen des hohen Besuches ist keiner in der Stadt zum Schreiben gekommen. Alle Sekretärinnen und Vorzimmerdamen inklusive.

„Ich glaube Dir nicht", sagt Olga Rosella kühl und versetzt Felix damit einen schweren moralischen Schlag.

„*Ich bin noch nicht so alt, dass ich keine Briefe mehr hören kann*", gibt er gereizt zurück, „*aber kann es sein, dass Du es nie gekonnt hast?*"

„Was willst Du damit sagen?" Olga Rosella springt auf und macht Anstalten, Felix sitzen zu lassen.

„*Und jetzt?*"

„Jetzt müssen wir uns wieder versöhnen."

„*Dafür muss ich erst Bücher schreiben lernen.*"

„Wenn das alles ist!"

„*Hast Du denn schon ausgelernt?*"

„Fürs erste."

„*Was heißt das?*"

„Das kann ich nicht so genau erklären."

„Dann hast Du eben noch nicht
ausgelernt!"

Sie kneift Felix verschwörerisch
in den Arm: „Aber keinem sagen!"

„Was?"

„Dass niemand im Briefkasten saß
und gesprochen hat."

„Da sitzt auch keiner drin. Bei
euch etwa?"

„Ich habe es selber gesehen, wie
sie im Briefkasten schreiben,
sogar Ansichtskarten mit Denkmälern und anderen Sehenswürdigkeiten", flunkert Olga Rosella.
„Wir haben große, gläserne
Briefkästen, die aussehen wie

Hochhäuser und die Briefe, die darin geschrieben werden, sind ellenlang und dick wie Bücher und die Karten erst – das sind die tollsten Panoramen. Wenn Du mich besuchen kommst, zeige ich sie Dir."

„Sie? Wer ist das?"

„Na ja, eben ‚sie'."

„Sind die Panoramen toll oder ‚doll'?", will er noch wissen.

„Du würdest sie wahrscheinlich nett finden."

„Gut, wann soll ich kommen?"

„Schwer zu sagen!"

Bis zur Abreise wechselt sie mit Felix kein Wort mehr.

4

Nach vielen heißen Abschiedstränen ist Felix zunächst so sehr mit der Erinnerung an Olga Rosella beschäftigt, dass er gar nicht merkt, wie schnell die Zeit vergangen ist, seit der Besuch wieder die Stadt verlassen hat. Doch nach und nach wird er unruhig. *„Wieviele Tage wohl seit dem Abschied vergangen sein mögen?"*, fragt er sich und rätselt nun doch, warum er von Olga Rosella nichts mehr gehört hat, obwohl er regelmäßig ein paar Zeilen – insgesamt dürften es mehr als einhundert sein – an

sie in seinen besonderen Postkasten geworfen hat.

Felix möchte als Steigerung dazu
Karten mit Denkmälern und anderen Sehenswürdigkeiten verschicken. Vielleicht würde sie darauf reagieren. Warum der Vater
nicht mal eine seiner Autogrammkarten herausrückt, obwohl er
in den höchsten Tönen angefleht
worden ist, bleibt für Felix
ein Rätsel. August Himmelheber
hält sie in seinem Safe wie eine
Sammlung von Freibriefen ver-
steckt, so dass Felix Verdacht
schöpft, es könne sich um das
Sonderkonto handeln, zu dem nur
seine Vorzimmerdame Huseldrom
noch Zugang hat.

„Eben", sagt Herr Himmelheber, das verstehst Du nicht. „Wenn Du noch viel, viel mehr geschrieben hast…" Er macht eine Handbewegung, die in schwindelerregende Höhen zu zeigen scheint.

„Mehr als Tante Eveline?"

„Frau Huseldrom schreibt genauso viel wie ich und keine Zeile mehr."

„Das glaube ich nicht!"

Herr Himmelheber wir puterrot, das heißt genau genommen grau.

„Mutter hat ganz viele Autogrammkarten von mir. Tante Eveline hat sie ausgedruckt!"

„Dumm Tüch! Alle unsigniert, mien Schieter."

Allen Ehrpusseligen im Publikum mag gesagt sein, das „mien Schieter" im Niederdeutschen eine Koseform ist, mit der besonders Nahestehende von der Wiege bis zur Bahre angeredet werden. „Mien lütten Schieter" ist noch die Steigerung davon. Allerdings wird bis jetzt das Senioritätsprinzip eingehalten. „Dumm Tüch" ist dumm Tüch.

„Mien Schieter" heißt Felix sonst nur noch beim Kaufmann und dem Busfahrer von der Innovationslinie. Die nennen auch kleine Mädchen so.

Eveline Huseldrom wiederum sagt zu Felix „mien Jung" und zu Holger „mien Holger".

„Ob der Vater auch zu Maître Koselbrunn ‚mien Schieter' oder ‚mein Jung' sagt?", fragt sich

Felix und nimmt sich vor, es selber einmal bei Gelegenheit mit „mien Koselbrunn" zu probieren. Jetzt, wo er schon ein Jahr älter ist...

„Die Karten darfst Du unterschreiben und verschicken, wenn Du darum gebeten wirst. Auf keinen Fall vorher!", befiehlt August Himmelheber.

„Aber wenn mich keiner betet?"

„Bittet, Felix, bittet! Du musst allmählich den Unterschied zwischen bitten und beten gelernt haben. Sonst hat Deine Mutter einen Fehler gemacht."

„Mutter sagt immer, dass wir für Dich beten sollen."

Herr Himmelheber ist zwar Bürgermeister und hat ein schweres Amt zu verwalten, aber geistlichen Beistand hat er noch nie dafür in Anspruch genommen, obwohl es ihm immer mal wieder angeboten worden ist. Opferstock, Klingelbeutel und Finanzamt hält er säuberlich getrennt und erwartet das auch von seiner Frau – oder hat die Huseldrom in die Erziehung eingegriffen und die beiden haben sich hinter seinem Rücken gegen ihn verbündet, Pläne für mehr zu machen – und das alles aus der Portokasse, pardon, von dem Sonderkonto?

„Statt sich um den Jungen zu kümmern, lassen sie ihn für den Vater beten!" Herr Himmelheber ist zu Unrecht empört, Frau Himmelheber fühlt sich von Grund auf missverstanden und Felix fragt sich, ob und warum er der einzige ist, der für den Vater betet, weil er Falten auf der Stirn hat. Zwei große quer, zwei tiefe längs und viele kleine.

5

Eines Nachmittags, als Felix wie gewohnt hinunter zur Straße eilt, um zu hören, ob vielleicht Briefe wichtiger Persönlichkeiten etwas über den Generalfeldmarschall und Olga Rosella zu berichten wissen, kommt ihm das Krächzen einer weiblichen Stimme zu Ohren:

„Da ist schon wieder so ein dummer Zettel von dem jungen Himmelheber. Weiß er denn nicht, dass Briefe in Umschläge gesteckt, adressiert und mit einer Marke versehen werden müssen, damit sie ihr Ziel erreichen?

Können S i e ihm das nicht beibringen?"

Einen Augenblick herrscht Stille im Postkasten. Dann klingt es jedoch unangenehmer und lauter denn zuvor: „Warum antworten Sie nicht? Haben Sie nicht gehört, was ich gesagt habe?"

„*Was ist eine Marke?*", fragt Felix seine Puppe direkt ins Gesicht und bekommt von ihr die kalte Schulter gezeigt, was ganz natürlich bei ihr wirkt, weil sie außer aufgemalten Hosen und Hosenträgern nichts anhat. Sie hat das nie reklamiert und Felix hat es auch nie gestört. Vielmehr stört ihn, dass „mein Lieber" und die „Verehrteste" sich nicht in einem Gespräch mit ihm einbringen, obwohl er ihnen jede Menge Gelegenheit dazu bietet, was er reklamieren möchte, aber noch nicht so recht weiß, wie. Und weil die beiden sich nicht rühren, geht er davon aus, dass sie zu des Vaters kritischem Beraterkreis gehören, von dem er entweder gar nichts oder so viel hört, dass er tagaus, tagein kaum etwas anderes macht, als erhaltene und versäumte Briefe zu lesen und zu beantworten und ständig meint, sich selbst über die Briefentwürfe von Eveline Huseldrom ärgern zu müssen, die von ihm in Ansätzen auf Band diktiert werden, damit sie von

ihr verständliche Vollendung erfahren, wofür ein Paar Ohrstöp-
sel und ein einzelnes Fußpedal
benötigt werden.

Ganz anders Mutter Himmelheber.
Sie schreibt leidenschaftlich
gerne Briefe und nutzt dafür
Schreibgeräte mit unterschiedlichen Farben und Betankungsmög-
lichkeiten, um Maître Koselbrunn
über die Entwicklung seines be-
gabten Patenkindes auf dem Lau-
fenden zu halten.

Felix wird von ihr darüber absichtlich nicht ins Vertrauen
gezogen, damit die Beziehung
nicht gestört wird und er nicht
darauf angewiesen ist, Eveline

Huseldrom das Fußpedal zu mopsen, um auf sich aufmerksam zu machen, was ihm keine Sympathiepunkte einbringen würde, da das Mopsen des Fußpedals Holger vorbehalten ist, womit die prüde Frau Himmelheber wiederum nicht übereinstimmt.

Felix selber hält sich unaufgefordert zurück. Er bewundert die Mutter, besonders wegen der zahlreichen, sauber tiefgestapelten „P.S.“ unter ihren Briefen. Ihr scheint es jedesmal leid zu tun, wenn Sie den Schlusssatz geschrieben hat, so dass sie noch ein „P.S.“ als „P.P.S.“ darunter pfropft, was soviel wie eine Tür ist, die immer offen gehalten wird, damit der Adressat weiß, wie er die Antwort beginnen soll.

Das ist als wohlgemeinte Hilfe gedacht, wird jedoch selten in Anspruch genommen, weil Frau Himmelheber selber Briefe vorzugsweise mit „Gerade, als ich den Brief aufgegeben hatte…" beginnt und sich somit in ständigen Verzug setzt.

„Gerade, als ich den Brief aufgegeben hatte", ist denn auch die Regeleröffnung der meisten Antworten, so dass es eine große Anzahl von offenen Positionen gibt, die selbst mit seitenlang getürmten „P.S." nicht mehr geklärt werden können, worauf Frau Himmelheber auf Abhilfe sinnt und mit der Frage: „Wo war ich in meinem letzten Brief stehengeblieben?" eröffnet. Damit erreicht sie, dass sich interessante Standpunkte auftun, an die sie selber oft zuvor gar nicht gedacht hat.

Ähnlich verhält es sich mit „mein Lieber" und die „Verehrteste", die in Frau Huseldroms Schule gegangen zu sein scheinen und den huseldromschen Umgang mit himmelheberschen Domainen Folklore diktierten Ohrstöpseln und P.S. trächtigem Fußpedalantrieb gegen Vierfarben-Füllfederhalter, Außen- wie Innenbetankung und Protokoll getauscht haben. Sie wissen nie so ganz genau, wie der letzte Stand der

Dinge ist, sprechen, füllen und haltern sich aber ein, so dass zum Schluss immer das eine oder andere für Felix brauchbare Resultat herauskommt, ohne dass die Federspitze gespreizt werden muss. Denken sie.

Die „Verehrteste" und „mein Lieber" liegen damit ziemlich daneben. Felix hat längst die Deutungshoheit übernommen, die weit jenseits von jeglicher Fremdfederspreizung liegt.

6

Felix mag das künstlich empört Gespreizte überhaupt nicht. Es zerrt an seinen Nerven. Um das abzuschalten, versucht er sich in Ursachenforschung.

Es kommt vom Umschlag, in den die Briefe gesteckt werden, hat er bisher gedacht, weswegen er seine Nachrichten an Olga Rosella absichtlich nicht couvertiert hat, obwohl es für ihn puppig leicht gewesen wäre!

Maître Koselbrunn hat ihm ein Briefpapier Set geschenkt, das er schont, um die Vollständigkeit der Blattseiten mit schönen

Bildern von Tieren nicht zu zerstören. Er nimmt weiter das Briefpapier der Mutter, kritzelt zu ihrem „A" noch sein „F" vor das „Himmelheber" oder reißt Zettel aus dem Terminkalender von Frau Huseldrom, nachdem er von ihr erfahren hat, dass der Maître es nicht schätzt, wenn Mutter Himmelheber sich bei ihm beschwert.

Felix wünschte, die „Verehrteste" und „mein Lieber" würden seine Probleme kennen, bevor sie über ihn herziehen. Er seufzt und horcht angestrengt in den Briefkasten hinein. Aus unbefriedigendem Hörgenuss schlau geworden, hat er beide Klappen geöffnet. Er bewahrt sie mit

Türstoppern, die er von zu Hause stibitzt hat, vor dem Zufallen.

„Oh ja, ‚Verehrteste‘, jetzt erkenne ich Sie!" beeilt sich eine wohltönende, tiefe Stimme die ärgerliche Sprecherin zu beschwichtigen. Sie klingen so anders als sonst."

Auch Felix ist im Nu voller Spannung, als er merkt, dass es die beiden Briefeschreiber von früher sind.

„Eine böse Erkältung macht mir seit dem Abschiedsball für den hohen Besuch zu schaffen", hustet die „Verehrteste". „Das darf uns jedoch nicht davon abhalten, einen neuen Plan zu entwerfen.

Offenbar gibt es mal wieder keinen außer mir, der merkt, dass die Beziehung zu den Politessen und der Polileut, wenn nicht gar zu dem Generalfeldmarschall und den assoziierten Ministerien unbedingt einer Auffrischung bedarf. Eau de Cologne hilft wohl nicht mehr."

„Mein Lieber" versucht der „Verehrtesten" das beschwerliche Artikulieren mit belegter Stimme abzunehmen.

„Ich werde Sie entschuldigen."

„Das möchte ich mir verbitten", krächzt die „Verehrteste".

Das ist der Augenblick, wo Felix drauf und dran ist, in den Briefkasten hineinzurufen, dass er in Kontakt mit guten Geistern steht und sich sowieso alles zum Guten wenden werde, weil sein Vater Bürgermeister August Himmelheber ist und seine Frau Anna dem Generalfeldmarschall am liebsten eine Familienpension angeboten hätte, was leider wegen Olga Rosella nicht ging, die sich – so ist Felix überzeugt – in ihn verguckt hat und aus Gründen ihres noch anhaltenden Lernprozesses erst mal auf Abstand gegangen ist.

„Ohne Spesen nichts gewesen?", hört er die „Verehrteste" verschnupft nörgeln.

„Mein Lieber" zieht es vor, nicht direkt zu antworten und

verabreicht eine nützliche Beru-
higungspille: „Wir werden pla-
nen! Verlassen Sie sich nur auf
mich. Wir schaukeln das Kind",
posaunt er. „Ich verabschiede
mich jetzt höflichst und bin in
den nächsten Tagen mit genauen
Vorschlägen bei Ihnen im Postkasten zurück."

Felix will nicht verplant werden
und auch kein Kind schaukeln. Er
hat doch seine Puppe, die sogar
älter ist als er und unterhalten
werden will. Er klappt den Postkasten zornig zu, öffnet ihn
noch einmal und ruft nun hinein:

„Ich sage das alles meinem Va-
ter. Auch das mit dem Kind. Der

ist Bürgermeister. Dann bekommen Sie Ihr Fett weg!"

Ende der Durchsage, Klappe zu.

Neues Bild:

Im Hause Himmelheber kehrt eine Stimmung nervöser Aufgeregtheit ein, die sich mit tiefem Pessimismus abwechselt. Beides geht von Felix aus, der eigentlich die Fettverteilung seinem Vater in die bewährten Hände übergeben wollte, aber wegen Frau Eveline Huseldrom daran gehindert wird, deren Fußpedal das mechanische Leben ausgehaucht hat, so dass Bürgermeister Himmelheber auf die Ohrstöpselfolklore verzichtet und auf Technikpop umsteigt, den zu beschaffen weder einfach noch schnell zu bewerkstelligen ist. Für die Übergangszeit bekommt Eveline Huseldrom ein Fortbildungsseminar spendiert, damit sie das Büro des Chefs nicht übergangsmäßig in Unordnung bringt, indem sie versucht, die Mechanik des Fußpedals selber zu reparieren oder ein rundumerneuertes im Leihhaus in der übernächsten Straße, in der sogenannten Goldgrube, zu ersteigern. Dort werden ab und an technische und andere Raritäten aus Haushaltsauflösungen ans Tageslicht befördert. Schlimmstenfalls könnte sie sich unter Mitnahme von Holger nach einem

anderen Diktat für die Ohrstöp-
sel umsehen, was die Berufs-
schutzklausel, die sie vor unge-
fähr dreißig Jahren hat unterschreiben müssen, noch immer
nicht vorsieht.

Bis das digitale Zeitalter im
Bürgermeisteramt Einzug hält,
beschäftigt sich Herr Himmelheber nach bestem Wissen und Gewissen mit Felix' Problemen.
Seine Empfehlung zur Entlastung
sämtlicher Gemüter: ein Enter-
tainmentprogramm.

Frau Huseldrom ist noch nicht
wieder vom Seminar zurück, Holger geht mit Felix in die Vor-
schule und ist drauf und dran,
ihn durch Insiderkenntnisse des

Bürgermeisteramtes zu „verder-
ben", während Herr Himmelheber
die meiste Zeit damit verbringt,
seine Diktate ins Unreine zu
sprechen.

Er ist gegen Karussell, aber für
Kreisspiele. Felix merkt sich
gut, dass der Kreis eine wichtige Begrenzung sein muss, wenn
man in der Mitte steht, weswegen
er wissen möchte, ob seine Olga
Rosella hinter dem Kreis lebt,
was Herrn Himmelheber kalt er-
wischt. Er kann keine plausible
Antwort darauf geben, überlegt
aber rein theoretisch, ob er
seine Exzellenz hinter seinem –
Himmelhebers - Kreis oder in einem August Sonderkreis ansiedeln
würde, wenn er ihn im Theater

mitspielen lassen wollte, was sich erübrigen würde, wenn die biologischen Gesetze nicht mehr greifen würden, weil der Generalfeldmarschall eventuell für unkalkulierbar viele Jahre das Zeitliche gesegnet hat.

Olga Rosella wäre dann ein mondloser Satellit, stellt er für sich fest, der entweder eigendynamisch oder ferngesteuert weiter kreist und irgendwann abstürzen wird.

„Sie ist zweifelsohne ein Satellit", sagt Herr Himmelheber, „da geht kein Weg dran vorbei. Sie kreist entweder eigendynamisch oder ferngesteuert, bis sie irgendwann abstürzt."

Felix ist um ein bedeutendes Fachvokabular reicher, was sich für ihn wie Littelsat, Zweirad mit Stützen und Vaters Mobiltelefon ausnimmt und insgesamt eine hervorragende Basis ist, sich darum zu bemühen, den Satelliten ohne Schaden zu erden.

„Ich werde an die ‚Verehrteste'' und ‚mein Lieber' schreiben."

Gesagt, getan. Es ist zwar Sonntag und der Kaffeetisch ist mal wieder auf der Terrasse gedeckt, aber wer eine Verbindung mit einem eigendynamischen oder ferngesteuerten Satelliten anstrebt, der muss sich nach der Decke strecken.

„Felix, kommst Du endlich zum Kaffee?"

Das ist Vater Himmelheber.

„Er darf noch keinen Kaffee." Das ist Frau Himmelheber mit noch mehr Ringen an den Fingern, dazu einem reich geschmückten Bettelarmband und einem Bettelcolliers, das noch ein paar mehr Anhängerchen vertragen könnte, die auf sich warten lassen, weil Vater Himmelheber in letzter Zeit etwas knauserig mit Liebesgaben geworden ist.

„Das weiß ich selber." August Himmelheber ist gereizt.

„Dann ruf ihn doch zum Kakao."

„Felix, kommst Du endlich zum Kakao", ruft Frau Himmelheber.

„Zu Deinem Kakao", korrigiert Vater Himmelheber"

„Goodness gracious me!"

Das heißt soviel wie „um Himmels Willen". Immer wenn Anna Himmelheber diesen Ausruf zu Hilfe nimmt, um ihre Hilflosigkeit in himmlisches Wissen umzumünzen, steht ein längerer Disput bevor, den es jetzt gerade zu vermeiden gilt. Es ist schließlich Sonntagnachmittag.

Auch Felix hält sich an die Kaffee-Kakaozeit, obwohl er mit einem Brief wegen Olga Rosella beschäftigt ist.

„Dann muss ich mich eben nach der Decke strecken", lässt er wie nebenbei wissen.

„Hast Du diesen unmöglichen Ausdruck etwa von Holger?", begehrt Anna Himmelheber zu wissen.

„Was?"

„Das ‚nach der Decke strecken'?"

„Vater sagt es immer, wenn Tante..."

„Frau Huseldrom!"

„...Vater die Unterschriftenmappe bringt."

Frau Himmelheber erblasst. Bürgermeister Himmelheber errötet. Der Kaffee bleibt unberührt, das Stück Torte vor ihm und ihr ebenso, Felix' Kakao erkaltet und bildet eine schützende Schmandhaut. Er ist schon auf und davon, um den Brief in Sachen Satelliten zu verfassen.

„ V erehrteste" und „ Mein L ieber" , eröffnet er sein Schreiben. „ I c h ha be gestern a m S a msta g unter dem P ostk a sten gesessen und gehö rt, w ie S ie sic h ü ber die P olileut unterha lten ha ben.

I c h mö c hte S ie bitten, f ü r mic h ein gutes Wort bei ihr einzule gen. S ie ist w ohl sa uer, w eil ic h gesa gt ha be, da ss ‚nett' etw a s D olles ist. I c h w ü rde I hnen da nn meine

F uß ba llbilder   v om   letzten

J a hr sc henk en.   D ie k a nn

ma n p rim a ta usc hen. "

mit G rü ß en Von

F elix   H im m elheber. "

Kaum hat Felix am folgenden Tag
seine Nachricht durch den Brief-
kastenschlitz geworfen, gibt es
ein spukhaftes Gerumpel.

„Sehen Sie sich das an", dringt
es hoch und schrill an Felix'
Ohren. „Anna und August Himmelhebers Sohn schreibt doch tatsächlich, dass er sich bemüht
hat, mit der Polileut seiner Exzellenz in Kontakt zu kommen und
bietet uns als Honorar – äh…"

Sie räuspert sich. „...Fussball-
bilder an! Muss ich das haben?"

Es rumort.

„Interessant", lässt sich „mein
Lieber" vernehmen. „Ist der
Brief nur an Sie oder auch an
mich?"

„An uns beide."

„Sehen Sie - sein Trainer ist
Judomeister gewesen. Ist Ihnen
das bekannt, Verehrteste?"

Die „Verehrteste" ist pikiert.
„Ich war es, die zuletzt den
schwarzen Gürtel getragen hat,
und zwar als Butterfly."

Stille. Dann:

„Wollten Sie noch etwas gesagt
haben?", fragt „mein Lieber"

subtil, dass er nahe an die Vibrationsobergrenze kommt, so dass Felix aufspringt:

Briefkastenklappe auf:

„Brauchen Sie einen Dämpfer?", ruft er hinein.

Briefkastenklappe zu.

Die „Verehrteste" scheint nachzudenken. Abwechselnd krakelt und gurrt sie, als ob sie zum Erhalt des schwarzen Gürtels noch einmal eine Führerscheinprüfung inklusive Leistungsnachweis für Erste Hilfe bestehen müsste.

„Erinnern Sie sich..."

„Ich habe meine Rollen immer so einstudiert, dass ich nicht auf

Tuchfühlung mit meinen Co-Stars gehen musste, um für die Soirée danach gepromptet zu werden."

„Soviel ich weiß, waren wir nie auf Tuchfühlung", gibt die „Verehrteste" spitz zurück.

„Die zusammen in einem Briefkasten - das kann nicht gut gehen!", denkt Felix.

Er rennt nach Hause.

„Vater! Der Satellit…"

„Klopf gefälligst vorher an!"

Felix dreht sich auf dem Absatz um, knallt die Tür zu, klopft an und betritt wieder das Zimmer.

„Besser?"

„Man knallt nicht mit den Türen. Es sei denn, es lässt sich nicht vermeiden."

„Es ließ sich nicht vermeiden."

„Nicht schlecht", denkt Vater Himmelheber und sagt „Du sollst nicht alles nachplappern."

„Ich muss beweisen, dass ich zu Olga Rosella passe, hat die ‚Verehrteste‘ gesagt."

„Dann bist Du ja schon auf dem besten Wege", wimmelt er Felix ab, bis ihm voll bewusst wird, was er gerade gehört hat. „Ich werde Dir demnächst Briefkastensperre erteilen müssen. Das ist nicht jugendfrei, was Du da geboten bekommst!", geht er Felix scharf an.

„Aber ich sehe doch gar nichts! Ich höre doch nur, was mit Olga Rosella los ist. Du kennst sie doch und Mutter kennt sie auch."

„Das heißt noch gar nichts."

„Sie hat einen Coach. So etwas will ich auch."

Bürgermeister Himmelheber ist beeindruckt und beschließt – nunmehr in trauter Eintracht mit seiner Frau - Felix in ein Internat zu geben, wo er sich bis zu seinem Studium der National-ökonomie als gefragter Interpret von internationalen Romanzen einen Namen macht und so gut ge-coacht wird, dass er einen ganzen Fuhrpark an Equipment unter-hält, einen eigenen Coach dafür einstellt und das Studium in der Mindestanzahl von Jahren mit einem anerkannten Prädikatsabschluss beendet.

Das ist an einem Mittwoch.

Er hat es so hingezirkelt, dass es genau der Wochentag ist, an dem er Olga Rosella aus der Familie Beaubon kennenlernte, deren beaubonsche Herkunft seinen Ehrgeiz kitzelte und aus ihm machte, nachdem sie vor seiner Tür gestanden war und ihn an das Eheversprechen erinnert hatte, was er ist: der erste seriöse Anwärter auf den Beitritt in den Clan der Beaubons, ohne als

Hochschulabschließer jemals einen Seminarplatz unbegründet in Anspruch genommen zu haben, obwohl das an jedem dritten Montag im Monat besonders vorteilhaft gewesen wäre, verzichtete aber zu Gunsten anderer, gab seine Mensamarken ab und legte sich eine Fibel über Ernährung von Studenten der Nationalökonomie zu. Die arbeitete er in einem Bistro so gut durch, dass er darüber seine Magisterarbeit schreiben konnte.

Daraufhin durfte er beim ersten internationalen Wettbewerb im akademischen Zeitkartoffelschälen, dem „Pommes de terres", als einziges studentisches Mitglied in der Jury mitwirken und die

Züchtung einer neuen Frühkartof-
felsorte taufen.

Er nannte die Saatknolle „Beaubon". Olga Rosella brachte er
erst mal nicht ins Spiel, nahm
es sich jedoch für einen späteren, vom Schicksal begünstigten
Zeitpunkt vor.

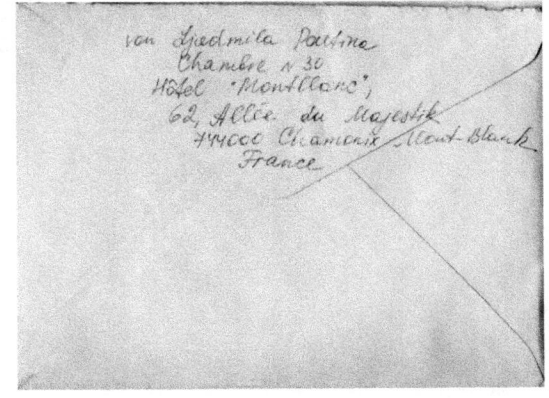

„Die sprechenden Briefe"

Realpolitisches Alltagslatein

nach

„Kinderspiele"

von Georges Bizet

1

„Sehr geehrter, lieber Herr Molden,

darf ich Sie mit Olga Rosella Beaubon und Felix Himmelheber bekannt machen? Sie sind ein Paar. Er bringt außer einem schönen Namen und seit Menschen Gedenken wohlhabend gewesenen, aber vorübergehend auf Neuorientierung konzentrierte Eltern eine Kartoffeltaufe in die Ehe ein, sie einen sensationell spektakulären Namen und noch weniger Pekuniäres, aber den Willen und Ideenreichtum, alles zum Profit einer eingetragenen Zugewinngemeinschaft zu veredeln.

Ich habe die beiden besucht und mir Gedanken darüber gemacht, wie diese völlig unterschiedlichen Charaktere sich zusammenraufen und in Hinblick auf übergeordnete Vernunftsgründe wohl unter Zuhilfenahme von verschiedenen mediatorischen Arzneien miteinander zurechtkommen. Ich möchte mich im Folgenden mit deren Zusammensetzung sowie Ursachen und Wirkung des Einsatzes der einzelnen Ingredenzien beschäftigen. Dafür bleibt es nicht aus, dass ich mir einen Fragenkatalog erarbeite und greife dabei auf das probate Mittel eines erdachten Frage- und Antwortspiels zurück.

Wie war denn das, Ljudmila Alexandrowna, würde ich fragen wollen, als Sie Ihren Zukünftigen zum ersten Mal im Flieger auf der Strecke Kaliningrad-Leningrad trotz eines geringen Ranges im KGB und einem dementsprechend kläglichen Salär als so attraktiv erkannten, dass Sie auf ein baldiges Wiedersehen hofften, was aber nicht so schnell eintraf. Bei ihm hatte es noch nicht so recht gefunkt, wie Sie mir berichteten.

Es bedurfte einiger weiterer Begegnungen, um das Herz von Ihrem Felix zu erobern, was Sie energisch betrieben. Haben Sie ihm einen Sitzplatz ganz vorne mit mehr Beinfreiheit und gleich

neben ihrem dienstlichen Steh-
platz zugeschanzt, von wo Sie
ihm dann mit bezaubernd schüch-
ternem Lächeln die Handhabung
des Anschnallgurtes bei Start
und Landung sowie Atemmaske und
Rettungsring mit Leuchtsignalen
unter dem Sitz und den Hebel an
der Tür für einen ungeplanten
Notausstieg zeigten?

Immer Kalingrad - St.Petersburg
hin und zurück, quasi eine Ro-
manze auf dem Mittelgang des
Flugzeuges und bei Wind und
Wetter oben an der Gangway, um
zu sehen, wer ihn unten empfing?

Stewardessen sind ein Mus-
terbeispiel an Nonchalance. Sie
kennen keine Unbill, was den

Eindruck erweckt, dass sie – einmal aufgezogen – laufen, laufen, laufen. Nicht so Sie!

Sie gaben immer wieder zu bedenken, dass Sie nicht mit einem goldenen Löffel im Mund geboren wurden und gerade dabei waren, sich die ersten Teile für das Sammelbesteck zu verdienen. Immer zwischen Kaliningrad und St. Petersburg. Eine Kurzstrecke ist nicht besonders geeignet, um mit einem Saft-Wasser-Kaffee-service etwas bewirken zu können – wenn überhaupt. Oder hatte Ihr Felix in dem gottverlassenen Außenposten der Sowjetunion so viel zu tun, dass er zahlreiche Sonderflüge genehmigt bekam? Vielleicht weil Sie der Familie dort durch Ihren Einsatz als Briefzustellerin zu Einfluss verholfen hatten?

Irgendwann – allerdings mit einem retardierenden Moment, über das entweder gelacht oder geweint werden darf, muss es dann auch bei ihm angekommen sein, dass es gar nicht übel wäre, in den Ehehafen einzulaufen, zumal er mit Nachdruck auf Nachwuchs aus war, nachdem seine eigene Familie durch die deutsche Wehrmacht dezimiert worden war. Sie, Ljudmila Alexandrowna, hatten es gar nicht eilig mit Kindersegen. Sie sind mit einigen Geschwistern groß geworden. Eine älter, die andere jünger als Sie. Offenbar war es eine ganz normal schreckliche Familie, vielleicht sogar etwas schrecklicher als normal. Ob Sie engere Verwandte durch Kriegseinwirkung verloren haben – keine Ahnung. Sie haben sich nie dazu geäußert, deshalb nehme ich an, dass ihr verhaltener Wunsch nach Kindern eher der Erfahrung entsprang, im Elternhaus zu viele Esser um den Tisch gehabt zu haben, eine Radikalansicht verglichen mit anderen russischen Familien, die sich genau zu dem Gegenteil bekannten wie Ihr Felix. „Die Kinder sollen es besser haben" war das A und O, aber auch er musste sich eingestehen, dass das selbst von linientreuen Parteimitgliedern wie Sie, Ljudmila Alexandrowna und er, Ihr Felix, waren, nicht durch Windbestäubung gelingen kann. Also: auf zum Traualtar, der bei Ihnen damals ausschließlich das Rathaus war, während man sich heute auch öfters gerne eines kirchlichen Segens versichert.

Musste die Ehe zuvor offiziell vom Arbeitgeber abgesegnet werden, nachdem die erklecklich hohe Hürde bei Ihren Schwiegereltern genommen worden war – Ihre eigenen Eltern standen dem Bund des Lebens mit Felix wohlwollend gegenüber, sogar so wohlwollend, dass Sie Ingrimm verspürten. Oder waren Sie beide so sehr über jeden politischen

Zweifel erhaben, dass es reichte, ein Rundschreiben zu verfassen und sich zu roten Rosen das Ja-Wort zu geben und die richtigen Trauzeugen zu haben?

Wer waren die?

War es dann dieser neuen Verbindung zu verdanken, dass Sie Kaliningrad verlassen und nach Leningrad übersiedeln durften, bevor Ihr Felix – immer noch im KGB Außendienst – nach Dresden versetzt wurde, was ihm wahrscheinlich ganz recht kam, um endlich seine Deutschkenntnisse sinnvoll einsetzen zu können?

Wann und wo hat er Deutsch und Englisch mit einem so bemerkenswert perfekten Resultat studiert? In der Schule?

Das könnte schon möglich sein, wenn man Ihnen, Ljudmila Alexandrowna, Glauben schenken mag, die russischen Schulen das beste Zeugnis ausstellt - mit kleinen Schönheitsfehlern, die wir hier mal ausklammern wollen, weil sie nach Ihren Schilderungen nicht den Deutsch- und Englischunterricht betreffen.

Ein beinahe zu vernachlässigendes Zweifelchen sei dennoch in Hinblick darauf erlaubt, dass die russische Lehrmethode sich nicht so sehr auf die freie

Sprache als auf die Beherrschung von umfangreichen Grammatik-kenntnissen stützt, die nur durch gnadenloses Büffeln zu erreichen sind. Ihr Felix kann jedoch hervorragend Konversation machen und beherrscht darüber hinaus die Grammatik. Erst dann spricht er. Hat er gesagt. Habe ich selber gehört.

Bleibt noch die Frage, wann und wo hat er so viel Gelegenheit gehabt zu sprechen, dass er sogar mühelos zwischen Deutsch und Englisch hin- und her-switchen kann?

Gut, er war nicht schwanger, aber hatte vielleicht andere schwerwiegende Probleme, die ihn an der Verfolgung eines ehrgeizigen Berufsziels hätten hindern können, während Sie Ihr Deutsch ja erst in Dresden erlernt haben, als Sie bereits in Umständen waren und dort auch für einige Zeit blieben. Sie hatten aber gute Freunde zur Seite – Deutsche. Haben Sie nicht nur Deutsch, sondern auch Russisch miteinander gesprochen, dass der Unterschied zu dem Deutsch von Ihrem Felix und Ihrem so groß blieb? Englisch mochten Sie nicht, aber konnten es auch nicht, was eine gewisse Abneigung erklärt.

Darf ich aber noch einmal auf meine Frage zurückkommen, wo Ihr Felix sich seine profunden

Fremdsprachenkenntisse wohl erworben haben mag? Hat er neben dem Jurastudium an der Universität Leningrad noch ein Fernstudium am Institut für Internationale Beziehungen in Moskau absolviert, wo aber gerade Deutsch und Englisch als Premiumfächer galten und für einen Außenseiter, wie Ihr Felix es war, beinahe unerreichbar gewesen sein dürften?

Was war die Motivation gewesen, sich gerade Deutsch und Englisch zu widmen? Es hätte ja auch Französisch und Spanisch sein können. Zum Beispiel. Den ehemaligen Feind - Deutschland - und Alliierten - England - besser verstehen oder ihm gar jeden schrägen Wunsch von den Lippen ablesen können?

Die Versetzung nach Dresden kam somit in mancherlei Hinsicht einer Beförderung gleich und hatte vermutlich nicht wenig damit zu tun, dass er in Kaliningrad seine Fähigkeiten als Nonkonformist und dennoch unzweifelhaft loyaler Parteisoldat, unter Beweis gestellt hatte und was ihn heute noch auszeichnet.

Sie, Ljudmila Alexandrowna, hatten ihm selbstverständlich zu folgen, was Sie - bei aller jungen Liebe - nicht wirklich favorisierten. Sie wären lieber im zwar bedürftigen, aber doch pulsierenden Leningrad geblieben, von wo aus Sie – vom bitterarmen Kaliningrad aus war es unmöglich – als Selfmadewoman Caterer zum Unterhalt der jungen Familie beitragen wollten und belegte Brote für den Verkauf im Flugzeug organisieren konnten.

Was wäre die Alternative gewesen? Felix doch noch kurz vorm oder kurz nach dem Ziel sausen lassen? War er Taube auf dem Dach oder Spatz in der Hand für Sie, die vielleicht meinte, dass der Zweck die Mittel heiligt und nicht die Mittel den Zweck?

Sehen Sie, verehrter Herr Verleger Molden, hätten Sie doch damals das komplette Manuskript veröffentlicht! Ich wäre ganz und gar von dem Odium befreit, eine falsche Prophetin gewesen zu sein! So musste ich mich zwanzig Jahre damit herumplagen, Beweise und Gegenbeweise sorgfältig unter Verschluss zu halten. Als ich sie endlich teilweise öffnete, gab mir Putins vierte Präsidentenwahl in der Russischen Föderation Recht, so dass alles, was dazu aus den Briefen von Ljudmila Alexandrowna zu erzählen ist, eine Bestätigung der von ihrem Felix postulierten Notwendigkeit ist, kontinuierlich weiter an der neuen Traumstraße der Welt zu arbeiten. Ich habe allerdings nicht geahnt, welche Rolle eines schönen Tages die Saatknolle „Beaubon" spielen könnte.

Es war die Zeit, als Ljudmila Alexandrowna, geborene Beaubon (mütterlicherseits eine Vanila), Briefe schrieb, die eigentlich von Eveline Beaubon, verehelichte Huseldrom – ihr Mann war Büroleiter bei einem gewissen Maître Koselbrunn und stand Felix beruflich nahe – hätten abgeschrieben werden können, wenn Ljudmila Alexandrowna nicht selber passionierte Sofortantworterin gewesen wäre und somit einen Eingriff in Ihre Gedankenwelt verhinderte.

Sie ließ kaum weniger als eine Woche vergehen, um einen Brief fertigzustellen. Als Erklärung für die hürdenreiche Zwischenzeit bis zur Vollendung holte sie dann in mehreren „P.S.", die als „Ganzstücke" angelegt waren und den Charakter von Tagebucheintragungen haben, in aller Emotionalität gründlich aus.

Danach musste das Ganze versendet werden, wobei es wiederum darum ging, das Büro Huseldrom zu umgehen.

Ljudmila Alexandrowna legte einen Großteil ihres Ehrgeizes darein, die Briefe nicht nur vor der Huseldrom, sondern auch vor Felix zu verstecken, was auf einen Wettlauf zwischen einem selbstbewussten Hasen und einem selbstsicheren Igel hinauslief, wobei sich beide am Start nicht unähnlich waren. Der eine hatte die längeren Löffel, der andere - neben einigen spezifischen Charaktermerkmalen - die stärkeren Stacheln.

Felix entwickelte einen ausgeprägten Instinkt für die Elaborate von Ljudmila Alexandrowna. Vielleicht hat er sie nicht einmal gelesen, aber unter Mithilfe von anderen Igeln Huseldromscher und Koselbrunnscher Genese, sie doch sehr vielschichtig und genau einschätzen können, über was wie berichtet wurde. Manchmal vielleicht etwas zu vielschichtig und übergenau, was dann wohl Ursache für eine

Einladung an mich nach Moskau war, die eher einem Befehl gleichkam und von mir als unzumutbar abgelehnt wurde. Ljudmila Alexandrowna hatte sie mir telefonisch übermittelt und den Eindruck erweckt, sie rufe auf Geheiß Ihres Mannes an. Die vorgegebenen Reisedaten waren denkbar kurzfristig und lagen in einem Zeitraum, den ich zuvor schon einmal als sehr ungemütlich in Moskau erlebt hatte. Ich schlug ein späteres Datum vor, wo Eis- und Schneeglätte ausgeschlossen werden konnten.

Es stieß auf Ablehnung. Ihr Mann habe dann keine Zeit.

Mein Mann habe jetzt keine Zeit, hielt ich gegen. Es sei für ihn unmöglich, so plitzplatz Urlaub für eine Vergnügungsreise nach Moskau zu nehmen. Die Urlaubspläne für Führungspersonal würden bei uns in der Regel bereits im letzten Quartal des Vorjahres fesgelegt. Es sei größtes Bemühen, sie genau einzuhalten, weil sonst eine Kettenreaktion bei den Kollegen einsetzen würde, ja, geradezu einsetzen müsste, die den ganzen Betrieb in Mitleidenschaft ziehen würde.

Mir wurde zu verstehen gegeben, das nicht von meinem Mann, sondern von mir die Rede wäre und ich hätte...

Ich sagte „Nein" und beendete das Gespräch. Danach schrieb ich einen entsprechenden Brief und faxte ihn umgehend nach Moskau. Ich brachte darin meine Empörung nicht nur über die Art und Weise zum Ausdruck, offenbar zu einer Gesichtskontrolle zitiert zu werden, sondern auch über das Anliegen, ohne meinen Mann reisen zu sollen, der sich bisher in hohem Maße engagiert hatte, die Freizeit von Ljudmila Alexandrowna und ihren Töchern so angenehm wie möglich zu gestalten. Er sei keineswegs ihr Fahrer. Wenn der Eindruck entstanden sein sollte, wisse man nicht um deutsche Gastfreundschaft und solle sie bitte auch in Zukunft nicht mehr in Anspruch nehmen.

Daraufhin kam ein Entschuldigungsschreiben von Ljudmila Alexandrowna über den Ticker, in dem sie de facto noch einmal alles wiederholte, was sie am Telefon gesagt hatte und in erster Linie Ihrem Mann die Schuld an dem „Missverständnis" gab. Das Zugeständnis: ein neuer Termin im Frühsommer. Es war ziemlich genau der, den ich vorgeschlagen hatte.

Ljudmila Alexandrowna hat die Oberaufsicht wohl nicht nur anlässlich dieses Vorkommnisses arg verstört. Sie fühlte sich

animiert, noch weniger Rücksicht auf eventuelle Mitwisser
zu nehmen. „Sollen sie doch –
was juckt mich das?"

Wer waren „sie"? Diejenigen, zu
denen Sie, Ljudmila Alexandrowna, keinen Zugang hatten, weswegen Sie zweimal getraut wurden? Einmal mit „sie" und einmal
ohne „sie", aber mit ihm?

„Sie kommen", sagt Ljudmila
Alexandrowna, als die Beerdigung
von Ihrem Schwiegervater, einem
verdienten Veteranen, in eine
Feier einmünden soll. Die von
ihr bestgehasste Schwiegermutter war verstorben, als ihr
Felix bereits das Amt des stellvertretenden Bürgermeisters von

St. Petersburg innehatte. Ljudmila Alexandrowna erwähnte das Begräbnis nie, obwohl es eine nicht zu vernachlässigende Bedeutung für Ihren Mann hatte.

Sie erwartet nun „sie" mit ihm. Echte Freunde, dass müssen Sie „sie" lassen!

Waren auch „sie" bei ihrer zweiten Hochzeit oder war es da eine Komparserie von „sie"?

Ljudmila Alexandrowna telefoniert derweil mit mir, wahrscheinlich in St. Petersburg am Fenster stehend und Ausschau haltend, während helfende Hände - von „sie"? - die Feierlichkeit vorbereiteten.

Danach wird nichts besser.

Lieber Fritz Molden, ich habe auf Ihren Anruf gewartet, damit diese wichtigen Momente von Ihnen gewürdigt werden könnten. Er kam nicht.

Bitte sehen Sie mir nach, dass ich mir nun nach zwanzig Jahren einen anderen Weg gesucht habe, zu veröffentlichen, was der Öffentlichkeit zur Kenntnis gebracht werden muss. Einiges dazu im Anhang, den ich diesem Brief beifüge.

Ihre

I.P."

Anhang

Die Kinder waren noch zu klein und unverständig, die Nachbarn im Staatsforst neu und uner- reichbar in ihre langen, grauen Würdestrickjacken versponnen.

Es gab ein paar Wasserträger. Die waren jedoch weit entfernt - und ob sie Einsatzbereitschaft signalisiert hätten, war mehr als fraglich.

Ljudmila Alexandrowna arbeitete an einem Plan B, sollte der Wettlauf zwischen Hase und Igel

tatsächlich der Fabel entspre-
chen. Das wollte organisiert
sein und dauerte, zwar nicht
lange, aber zu lange, um nicht
weiter das Bedürfnis zu haben,
Berichte zu schreiben, in denen
sie ihr Leben und ihre Empfin-
dungen mit allen Schwankungen
protokollieren konnte. Sie waren
einem Kardiogramm nicht unähnlich.

Die Empfängerinnen: die aktuell
angesagten Freunde und Freun-
dinnen, mal eine Hoheit, eine
ehemalige Eisprinzessin, von der
sie sich dann „scheiden" ließ,
mal eine „Verehrteste", eine
Studienkollegin aus alten Le-
ningrader Tagen.

Ich frage nach:

Haben Sie doch studiert, Ljudmila Alexandrowna, obwohl Sie immer den Eindruck erweckten, gegenüber Akademikern Komplexe zu haben?

Ein Fernstudium neben Käse und Wurst für Brote beschaffen und aktiver Flugbegleitung? Kaum möglich, aber in jungen Jahren mit jugendlichem Energieschwung vielleicht doch wahr.

Oder eher eine nette Geste von Prof. Anatoli Sobtschak, den Ljudmila Alexandrowna hinterher dann gar nicht mehr mochte?

Welche Fächer haben Sie denn belegt und wo? Mit Sicherheit musste er Ihnen kein Testat für

Grundkurse der Russischen Verfassung geben.

Haben Sie es mit Russischer Linguistik und Germanistik probiert? Vielleicht sogar mit Österreichischer?

Oder doch ein Studium Generale der Iuris Prudenz, aber dann des Mottos: „Das Gesetz des Lebens", unter dem Sie alles abzuhandeln pflegten, was Ihnen nicht der Mühe wert schien, mehr als ein Schulterzucken zu erübrigen.

Wie hat der Repetitor die von Ihnen bearbeiteten Beispiele aus dem „Gesetz des Lebens" bewertet? Ich unterstelle, dass Sie einen in Anspruch genommen haben, da Ihr Gedächtnis seit dem schweren Unfall nicht mehr das allerbeste war und gehe davon aus, dass Sie sich nach dem Unfall den Herzenswunsch erfüllten, sich einem Studium zu widmen, da sie vorher in Dresden die Frau an seiner Seite waren und Kinder bekamen, die erst einmal aus dem Gröbsten heraus sein mussten, was gewissermaßen auch als „Gesetz des Lebens" gelten kann.

Hier einer der schwierigsten ihrer konstruierten Fälle aus dem Bereich „Gesetz des Lebens":

„Ich habe sie so geliebt!"

Zu beachten ist die vollendete Vergangenheit!

Eine wortreiche Anklage folgt, die vom Inhalt her nicht nachvollziehen lässt, welcher unverzeihlich schweren Vergehen sich die so geliebte Freundin schuldig gemacht hat.

Ich blicke verlegen aus dem Autofenster, die Kinder gucken verlegen aus dem Autofenster, mein Mann guckt stur geradeaus, was er muss. Er lenkt schließlich den Wagen, jetzt mit höchster Konzentration. Wir befinden uns auf einer risikoträchtigen Bergstrecke von 9%tiger Steigung.

„Ich habe sie so geliebt!"

Ljudmila Alexandrowna hat Tränen in den Augen. Es muss kurz vor dem Abflug nach Hamburg zu einem Knall gekommen sein, der jetzt nachwirkt. Es ist von nichts anderem die Rede, als von der großen, enttäuschten Liebe zu der Freundin.

„Was meinst damit?", frage ich schließlich und hoffe, mir Klarheit zu verschaffen, dass es sich lediglich um einen Übersetzungsfehler aus der russischen Sprache oder Emotionswelt handelt und ich nicht auch irgendwann befürchten muss, Vorhaltungen wegen unerwiderter Liebe zu bekommen, weil ich unter Umständen verabsäumt habe, Ljudmila Alexandrowna das goldene Haar zu bürsten.

Die Erklärungen bleiben diffus. Ich frage noch einmal, werde deutlicher, versuche, ohne die Kinder zu sehr zu tangieren, Frauenliebe zu erklären. Die Kinder gucken betreten. Mein Mann weiterhin stur.

Jetzt scheint sie zu begreifen. Ihr bricht der Schweiß aus, wird nervös. Fortan wird nur noch – das allerdings unvermindert oft – von „der geschiedenen Tatjana", manchmal auch „der gewesenen" gesprochen, um den Unterschied zu anderen nicht geschiedenen oder gewesenen Tatjanas herauszuarbeiten.

Selbst in späteren Briefen war noch von der einen die Rede, was wohl darauf beruhte, dass deren Ehemann der beste Freund von Ljudmila Alexandrownas Felix war und die Familien traditionell zusammen in Skiurlaub fuhren.

Die zeitgeschichtlichen Brief- und Kartendokumente dazu wurden Eveline Huseldroms Spontanzugriff, der wohl mit Felix abgestimmt war und Eveline Huseldrom in den Stand einer persönlichen Assistentin von Ljudmila Alexandrowna erhoben hatte, durch eben deren Eigenintiative konsequent entzogen. Eveline Huseldrom kündigte daraufhin, weil ihr das Recht auf Arbeit genommen worden war, ein Zustand, den sie beschloss, vaterländisch tapfer zu ertragen.

Ljudmila Alexandrowna war es einerseits zufrieden, sich Eveline Huseldroms entledigt zu haben, andererseits wertete sie den indirekt erzwungenen Rückzug in unangemessene Untätigkeit als unfreundlichen Akt, der sie zu Kreativität zwang, die sie unter diesen oder ähnlichen Umständen scheute wie der Teufel das Weihwasser. Ihr blieb nichts anderes mehr übrig, als sich an den Aufbau einer eigenen Kommunikationsfirma zu machen, um dementsprechend einerseits ihrem Mitteilungsbedürfnis gerecht zu werden und andererseits die daraus erzielten Informationen bei nächster Gelegenheit mit Gewinn zu vermarkten, um sich bei ihrem Felix so unersetzlich wie möglich zu machen, was ein besonderer Lustgewinn sein kann, das historische Vorbilder wie die rassige Lola Montez hat.

Sie nannte die Firma - entgegen Maître Koselbrunns Mahnung - als kleinen Seitenhieb gegen Eveline Huseldrom „Huseldroms Service Pool", während sie vorher „Olros" favorisiert hatte und bereits eine Firma dieses Namens hatte registrieren lassen.

„Huseldroms" - der Zusatz „Service Pool" wirkte keineswegs bereinigend, sondern verstärkt provozierend - hatte den Wert eines Spitznamens, was keinen verwehrt sein mag, wenn nicht gleichzeitig ein Firmenlogo entsteht, das eindeutig macht, welche Firmenbezeichnung als PR- und Marketinginstrument eingesetzt werden soll.

Eveline Huseldrom wurde ein solches. Besser noch: ein leicht verändertes Ebenbild, was sie in action oder ihr Holger out of action hätte darstellen können.

Es huselte und drommte in allen Warteschleifen. Es gab sogar Huseldroms Service Pool Comics mit einem schreibwütigen Weiblein „Hutzel" und einer cleveren Geschäftsfrau „Trotzel". Ein Sortiment an Reinigungsmitteln für Telefonanlagen und Computer, wurde von Fantasieirrwischen in Spektralfarben beworben. Sie hießen Vascho und Bascho und waren dem Konterfei von Ljudmila Alexandrowna nicht unähnlich. Vascho trug echt Kaliningrader Tracht aus Zeiten des Deutschen Ritterordens — nur ein wenig russischer, Bascho kreuzte mit Cello auf, aus dem die Melodie der Reinlichkeit sprudelte.

Skurrilerweise erhielt Ljudmila Alexandrowna gerade wegen der Irrwische Vascho und Bascho von weiblichen wie männlichen Reinlichkeitsfanatikern, spektralfarbenfeindliche Verbraucherbriefe, deren Verfasser auf Entschädigung aus waren, weil sie meinten, sich wiederzuerkennen, was Ljudmila Alexandrowna für eine Unverschämtheit erachtete und einen „Huseldroms Law Service Pool" gründete, in dem sich ein Team von Juristen des internationalen Warenzeichen und Handelsrechts mit russischen Putzteufeln befasste und meinte, es wäre der Zeitpunkt erreicht, wo die Fopperei hätte aufhören müssen. Sie fing jedoch erst richtig an. Firmen mit Produkten für Reinlichkeitsfimmelgeplagte, die protestiert und besonders exorbitante Geldforderungen versucht hatten durchzusetzen, wurden reelle Übernahmeangebote unterbreitet. Damit war der Putzmittelmarkt dann zunächst befriedet.

Ljudmila Alexandrowna stattete darüber hinaus „Huseldroms Service Pool" - mit Fußpedalen aller Herren Länder aus und Stöpseltechnik nach eigenem Gutdünken, das sie aus den beaubonschen Geneigenarten mitgebracht hatte.

Da kam es gerade recht, dass Eveline Huseldrom, die trotz ihrer Beaubon Herkunft und der eindeutig vollzogenen Ehe mit Herrn Huseldrom von Ljudmila Alexandrowna „Fräulein" genannt wurde, weil sie sich mit Herrn Huseldroms erster Frau nicht zerstreiten wollte, unverhofft eine Erbschaft aus einem bisher unbekannten Vanila-Fundus gemacht hatte, die sie durch

Maître Koselbrunn bei „Olros", einem Konglomerat aus Einzelfirmen, der einen Konzernmantel für alle Geschäftsaktivitäten von Ljudmila Alexandrowna darstellte, anlegen ließ, um ihre Anteile später in einem neuen Mantel anzulegen.

Ihr war nicht entgangen, dass „Huseldroms Service Pool" nicht nur viel Drähte, sondern auch viele Techniker brauchen würde, um komplexes Unheil zu entwirren, wenn es denn auftauchen sollte. Ihr Kapital würde dazu beitragen. Als treue Ex-Mitarbeiterin von August Felix Himmelheber, dem sie es aus verständlichen Gründen, die mit

seiner Eheschließung zusammen-
hingen, nicht verübeln konnte,
dass er sie nicht erneut zu
seiner Assistentin gemacht hatte, wurde sie aber unter dem
Namen Ebeauvon stille Teilhaberin bei der Neuunternehmerin
Ljudmila Alexandrowna, die jetzt
neu durchstartete.

Ihr Felix, den sie kennengelernt hatte, als er bereits po-
tentieller Anwärter auf das Erbe
der Bürgermeisterkette war,
schickte sich dann auch wirklich
an, sich der Bürgermeisterkette
würdig zu erweisen, die an einem
unbekannten Ort aufbewahrt wurde, was einen bestimmten, kaum
von der Hand zu weisenden Sinn
erfüllen sollte, der nie in

Frage gestellt wurde, sich aber nun als hinderlich erwies.

Der Erbschein war abhanden gekommen. Felix musste sich bewerben, weswegen er für die Kandidatur den attraktiven Familiennamen Beaubon seiner Angetrauten annahm, ohne das Angebot seiner Schwiegermutter, geborene Vanila, zu vernachlässigen, sich Kaliningrader Verhältnissen anzupassen.

„Himmelheber" war damit nicht ein für allemal vom Tisch, sondern für Zeiten reserviert, wenn nicht mehr auf die Neutralisierung von Religiosität gepocht werden würde, was er in sein Wahlprogramm aufnahm.

„Beaubon" hingegen konnte ab sofort beim Standesamt als Zweitname eingetragen werden, wenn ein Vertrag mit „Huseldroms Service Pool" bestand, wurde den Aktienmärkten mitgeteilt. Seitdem trägt die halbe russische Nation innerhalb und außerhalb der Grenzen ein und denselben Vornamen, mal als ersten, mal als zweiten, mal als ersten und zweiten. Vatersname geriet hier und da in Vergessenheit, was bewährte Verwirrung stiftete und neue Lexika erforderte. Neu: Es gab mehr Bindestriche.

3

Noch mehr Bindestriche:

„Ist Deine Mutter zu Hause?"

Die Mutter ist Ljudmila Alexandrowna.

„Am Apparat?"

Schwer zu sagen. Ljudmila Alexandrowna jedenfalls ist es nicht. Es könnte eine von den beiden Junior Coaches sein: entweder Katja oder Maria, beide aus der waschechten Beaubon Erbgutknolle.

Auf die Entfernung Hamburg-Moskau ist nicht einfach auszumachen, wer von den beiden es ist. Beide Stimmen zwitschern wie „Iujuba", der hierzulande „Brustbeer" genannte Schmetterling. Afrika lässt grüßen. Vielleicht sogar Madagaskar, eines der gesuchten Schwellenländer. Wohl dem, der sie hat. Wir bekamen sie als Morgen- und Abendgabe zur Wiedervereinigung. Da dachten wir noch, es handele sich um Hefeteig, der noch gehen muss oder schon gegangen ist und noch ruhen soll.

Jetzt versucht man, sie uns wieder von allen Seiten abspenstig zu machen, weil Schwellenländer im Aufwind sind, heißt es.

Also doch Hefeteig?

Wir schreiben das Jahr 1998.

„Katja?"

Nichts.

„Mascha?"

Kichern.

Also doch Katja.

„Katja?"

„*Ja*".

Es klingt wie „Papitz Pherbanta"
aus dem Stamm der blauen Falter.

Im Hintergrund höre ich Stim-
menwechsel.

„Habt Ihr Besuch?"

„*Nein.*"

Ich versuche mir einen Reim auf
Katjas Einsilbigkeit zu machen,
sie, die normalerweise vor Mit-
teilungsfreude sprudelt, dass es

sämtliche Brustbeeren und Papitz Pherbanta zu Applausflügen mit Flügelwackeln animieren würde. Rein theoretisch. In der Praxis sieht das anders aus, besonders, wenn große Admiräle und Schwalbenschwänze ausschwärmen.

Quietschen und Kichern.

Doch ein Besuch?

Stimmen.

Also doch!

„Katja?"

„*Hm.*"

Das kann ja heiter werden!

Wieder Stimmen.

„Ist Deine Mutter zu Hause?", frage ich noch einmal.

Eine lange Erklärung auf Russisch, garniert mit einigen deutschen Wörtern, folgt, die ich in mein Deutsch, garniert mit einigen russischen Wörtern, umdeute und zur Begutachtung Katja erzähle.

Wer coacht wen?

Kichern.

Ich höre Maria rufen. Oder war das jemand anderes?

Der Hometrainer steht im Nachbarzimmer. Dort werden vom Chef und Hauptmieter der Datscha – wird überhaupt Miete gezahlt oder gibt es einen Staatsverleih? – Kilometer nach Hunderten gestrampelt.

Maria wird doch nicht in Vaters Programm reintrainieren, um für die nächste Party fit zu sein?

Ljudmila Alexandrowna ist bereits unter der Fuchtel von Personal Trainern.

Herr im Himmel, wann soll denn „Huseldroms Service Pool" in Gang gesetzt werden? Sie kommt mit dem Schreiben nicht mehr nach. Wir müssen telefonieren. Das hat sie auch längst eingesehen. Ich wäre zwar nicht auf die Idee gekommen, deswegen gleich eine ganze Firma zu kaufen, wie es Ljudmila Alexandrowna tat, um sie „Huseldroms Service Pool" als Rettungsring einzuverleiben, aber es soll ja auch Spontantäter geben, die gleich ganze Hotels erwerben, um sich die Zimmerwahl leichter zu gestalten. Das setzt mehr Sprinterqualität denn fundiertes Handeln mit strukturierten Wirtschaftsmechanismen jenseits von inflationsbereinigten Automaten voraus. Schein gegen Sein?

Die Junior Coaches machen es vor. Sie schreiben keine Briefe und keine P.S. Sie netzwerken. Müssen sie, wenn sie gut ankommen wollen. Im Russland der Neuzeit ist es wichtig geworden, dass der hoffnungsvolle Nachwuchs mithalten kann.

Beim letzten Kindergeburtstag, zu dem eingeladen wurde, waren lebendige Tiere herbeigeschafft worden, um einen neuen Trend zu setten, der sofort begierig aufgenommen wurde. Ljudmila Alexandrowna orderte umgehend Ponies, die vor der Terrasse grasen konnten.

Einfach so? Ohne Papiere?

Auch ein Pferdehändler zählte zum Bekanntenkreis. Der war gerade aus Deutschland zurück.

Ich wagte Bedenken anzumelden. Sie wurden weggewischt. An alles war gedacht worden. Der Reitlehrer musste sich nur mit dem Geigenlehrer arrangieren, dem in St. Petersburg. In Moskau war noch kein passender gefunden worden, aber in Aussicht. Ljudmila Alexandrowna hatte bereits ein Vorgespräch geführt und den Preis ausgehandelt, falls der Lehrer den Dienst antreten sollte, was nicht wirklich gewiss war. Der Weg zum Staatsforst war zu weit, seine Wohnung zu klein, Ljudmila Alexandrowna nicht Willlens, den Geigenlehrer hin- und her zu chauffieren. Aber der Geigenlehrer war berühmt, ein Virtuose. Das machte den Reiz groß, in Verhandlungen zu bleiben, solange sie auch dauern mochten.

Die Junior Couches machten derweil Trockenübungen. Katja malte und zeichnete statt zu schreiben. Maria konnte sehr gut und auch fehlerfrei schreiben, wenn sie wollte. Sie träumte jedoch, aber wohl nicht von Briefen. Irgendwie hatte sie es mit Schimmelreitern. Ein Prinz, bitteschön, wenn möglich.

Ljudmila Alexandrowna träumte auch und schrieb unter Beibehaltung sämtlicher Fehler weiter. Sie versuchte sich sogar schemenhaft in neuen Genres, die Statistiken andeuteten, aber als Geschäftsberichte von Huseldroms Service Pool und Ablegern durchgehen sollten. Sie sahen wunderschön aus, waren künstlerisch geradezu futuristisch und enthielten so viele unbekannte Einzelheiten der „Olros"

Familienchronik, dass man sich nur schwer von den Werken trennen durfte, um sie zu verstehen.

Bitte nichts ‚quälen‘, Ljudmila Alexandrowna! Wer ein Vokabular so gekonnt einsetzt wie Sie, braucht nicht mehr viel nachzudenken. Es gibt beinahe nichts mehr, was nicht verschlechtbessert werden könnte. Versuchen Sie doch einfach, gar nicht mehr extrem „raffiniert" zu sein!

Das große Hindernis: Ljudmila Alexandrownas „Trotzdem". Keine Mahnung, dass ohne Vorwarnung Eigeninitiative nicht durch eine andere ersetzt werden darf und die Uhren nicht nur von uns aus woanders anders gehen, nützt.

Einziges und großes Zugeständnis an die Familie: das Auto wird nur vom Cheffahrer Boris gesteuert – mit kleinen Ausnahmen, wenn Ljudmila Alexandrowna sich selber hinter das Steuer klemmte, um zumindest an wenigen Tagen in der Woche für ein bis zwei Stunden im Moskauer Büro von „Huseldroms Service Pool" nach dem Rechten zu schauen, falls sie nicht beschloss, gleich nach St. Petersburg zu fahren – sie bevorzugte trotz ihrer beruflichen Vorbildung den Hochgeschwindigkeitszug vor dem Flieger –, um dort die Hebel anzusetzen, wenn etwas droht, ausgehebelt zu werden.

Aha, der Kasus knacktus lag also in St. Petersburg! Dort stand bei „Huseldroms Service Pool" jemand auf der Leitung. Wenn das man nicht Eveline Huseldrom war, die sich auch als stille Teilhaberin von „Olros" noch immer darüber ärgerte, dass ihr Name für eine zukünftige Weltfirma diente und sie auf die Schnelle keinen Rubel davon hatte, mit dem sie einen neuen Mantel hätte erwerben können, obwohl sie die Besiegerin des Fußpedals gewesen war und August Felix Himmelhebers Diktate so gut wiedergegeben hatte, dass es keinem aufgefallen war, wie sie dabei das Diktat an sich revolutionierte und damit die maßlose

Eifersucht von Ljudmila Alexandrowna heraufbeschworen hatte, die immer noch eisern ge-
genhielt, obwohl sie bereits
einen neuen Schock zu überwinden
hatte. Maître Koselbrunn, so
hatte sie läuten hören, habe bei
Eveline Huseldrom angedeutet, er
könne sich auch eine Patenschaft
von deren Sohn Holger, vorstellen. Felix selber habe Zustimmung angedeutet, nachdem er
den ersten Schritt zur Aufhebung
der Neutralisierung von Religiosität erfolgreich getätigt hatte. Das zeugte von politischem
Instinkt und einer bürgerbe-
tonten Demokratie, die beinahe
schweizerisch genannt werden
konnte. Ljudmila Alexandrowna

ging sie völlig ab. Die mochte zwar Berge, aber keine Abfahrtsläufe, selbst wenn ein Lift sie zu den Gipfeln hinaufgeschwebt hatte. Sie hielt es mit Mode und steuerte mal wieder gegen. Es durfte auch ruhig Skimode sein. Da war sie tolerant.

Couturiers mit romanischem Vorbild mussten es allerdings schon sein. Sie hatte damit in Leningrad Erfahrungen gesammelt, als sie noch in der Beaubonschen Selbstfindungsphase mit Sandwiches und Studium gewesen war und sich ihrem Felix als international versiert hatte empfehlen wollen.

Schmiede haben eine lange Tradition, nicht nur in Russland, eigentlich überall, wo es Eisen gibt. Ljudmila Alexandrowna war Kunstschmiedin in Sachen Plänen.

Die Beschäftigung mit der milanesischen Mode romanischen Vorbilds ging zunächst nicht in die Erfolgsanalen der umtriebigen Ljudmila Alexandrowna ein. Nach eigenen Berichten hinterließ der Ausflug in die Welt der Alta Moda bei ihr ein Gefühl der Niederlage und eingestander Rachlust für die erlittene Schmach, keine Vergütungen abgerechnet bekommen zu haben, obwohl sie Kundschaft gebracht hatte.

Waren es faule Kunden gewesen?

Warum dann die Handtasche vom Trussardi in Leningrad?

Sie schleppte die Tasche, bis sie ihren Taschengeist aufgab. Dann wurde sie pietätvoll von einer ersetzt, die zumindest eine sehr ähnliche Farbe hatte.

„Guck mal, genau wie vom Trussardi in Leningrad, aber besser und billiger! Wenn Du möchtest, besorge ich Dir auch eine."

Ich mochte nicht, aber sie ließ sich im Begeisterungstaumel der Alta Moda Ähnlichkeit nicht nur weitere Handtaschen und Gürtel, sondern als Anschlussauftrag davon ein Paar Schuhe nach den anderen anfertigen.

Noch war Ljudmila Alexandrowna nicht in der günstigen finanziellen Situation, das gesamte Repertoire der philipinischen Imelda Marcos zu verwirklichen. Sonst hätte sie davon in ihren Briefen berichtet. Stattdessen beschäftigte sie etwas anderes: ihr Plan B, falls sie weiter in die Pflicht genommen werden sollte, ungeliebte Slaloms zu wedeln und deswegen Zoff in den häuslichen vier Wänden angesagt sein würde.

Ihre Zielgruppe, die ihr zuarbeiten sollte: ehegeschädigte Frauen aus dem Elitekreis ehegeschädigter „sie".

Ljudmila Alexandrownas Idee: die Gründung einer russischen Variante von „Amphitryon".

Sie versammelte die samt und sonders Unbetuchten um sich, obwohl es ihr nicht die Bohne Spaß machte, ihnen ein paar armselige Brosamen zuzuwerfen, die ihren Lebensunterhalt sichern helfen könnten. Wenn möglich nicht zu knapp und mit Garantie.

Eveline Huseldrom und auch Maître Koselbrunn behielten das hektische Treiben im Auge, um rechtzeitig handeln zu können.

Ljudmila Alexandrowna wiederum entwickelte ein erstaunlich gutes Merkvermögen und holte sich, um Überraschungseffekte perfekt zu machen, von keinem Rat, außer von ihren Masseuren, Hellsehern und aus Horoskopen. Und das auch nur vielleicht, wie den gehetzten Notizen zu entnehmen ist, wo sie Behandlungen und Erfolge wie deren leidiges Ausbleiben aufzählt.

Problem Nr. 1 war ein altes und immer neues: die langen Wege. Ohne Auto ging gar nichts, mit eigenem Auto wenig, am besten: mit Fahrer.

Problem Nr. 1a: Der Fahrer, ein strammer Komsomolz, hatte Befehl, nur Anweisungen vom Chef entgegenzunehmen, so dass Ljudmila Alexandrowna die Junior

Coaches von Zeit zu Zeit selber zwischen Staatsforst, jeweils angesagter Schule, Geigenunterricht - der Virtuose hatte Ljudmilas Verhandlungsgeschick nicht widerstehen können -, Kino, Freunden, Veranstaltungen und in aller Selbstgenügung auch ein paar Kaufhäusern und dem Bauch von Moskau hin- und herfuhr, oft ehegeschädigte Frauen im Fond, damit die Zeit nicht ungenutzt verstreichen musste, in der schon Revanchepläne für die exzessiven Abwesenheiten vom häuslichen Herd geschmiedet werden konnten.

Ljudmila Alexandrowna die erste Schachgroßmeisterin Russlands mit eisernen Türmen, Bauern,

Rössern und König, nachdem ihr Wunsch nach einem eisernen Adventskranz von mir nicht erfüllt werden konnte?

Hatte sie an dem Plan für ein Monumentaldenkmal gearbeitet? Wenn ja, für wen?

In den Neunzigern, als Ljudmila Alexandrowna und ihre Familie gerade dem Unbill des innerrussischen Umsturzes von St. Petersburgern in St. Petersburg mit Zielrichtung Moskau nach Moskau entgangen war, hatte sie sich nach erheblichen Eingewöhnungsschwierigkeiten dann doch in mancherlei Hinsicht schnell umgestellt und übernahm hin und wieder schon mal Leitfunktionen.

Später ging dann das Gerücht, sie sei sogar beratungsresistent. Wohl möglich. Anders war so manche Kostümierung nicht zu verstehen, die sie bei Staatsbesuchen zur Schau trug.

4

„Katja?"

Kichern.

Sie kann nicht anders. Sie ist im Kicheralter, was die Kommunikation erheblich erschwert und dazu voraussetzt, dass nichts unnötig persönlich genommen wird.

Ljudmila Alexandrowna ist wahrscheinlich eben mal zum Kiosk ins Dorf gegangen, wo es beinahe alles außer Champagner gibt.

Von Katjas Seite kommt nicht mehr viel. Es ist eher ein kicherloses Herumgedruckse, was soviel heißen könnte, dass ich sie nun mal endlich in Ruhe lassen möge.

„Störe ich?"

„Wir gucken Tiwi."

„TV" ist in Russland ein schwieriges Thema.

„Tiwi" steht nicht immer für „Tblissi", wo seit der Evangelisierung beinahe alles anders geschrieben wird, als wir es vom Inneren oder auch nur vom Rande unseres Kulturkreises aus verstehen. In Tblissi macht man nicht drei Kreuze hinter etwas, sondern vier.

„Fernsehen?"

„Ja."

„Willst Du weiter gucken?"

„*Ja.*"

Ein Bravo für Katjas Ehrlichkeit! Oder nimmt sie „Fernsehen" als Synonym für eine Station, die sie noch nicht gefunden hat? Vielleicht ist ihr „Tiwi", wie das halbwegs gebildete Russenkind heutzutage sagt, das zwar vorprogrammiert ist, aber durchaus nachprogrammiert werden kann, wenn es noch zugänglich ist, ein „Schwarzer Kanal"?

„Was siehst Du denn?"

Wieder so eine gefährliche Frage, die zu Missverständnissen über die Wissbegierde des Gesprächsteilnehmers führen kann.

Felix unter dem Briefkasten hatte es leichter als ich mit Katja im Staatsforst. Die „Verehrteste" sprach Klartext und „mein Lieber" war die Krönung davon.

Katja spricht Russisch dominiertes Esperanto und will mich coachen, mich auf sich einschwören. Irgendwann werde ich schon merken, was sie will – spätestens, wenn sie auflegt. Dann kann davon ausgegangen werden, dass Herr Himmelheber allein oder mit Felix auf der Bildfläche steht und entweder mir oder ihr die Telefonrechnung um die Ohren hauen will. Oder Eveline Huseldrom greift ein, weil sie Katjas verbales Stenogramm nicht in ein Epos gießen kann, was der Situation würdig wäre, da es sich um einen deutschen Freundschaftsdienst an der russischen Freundin handelt. Leider scheint das nicht erkannt worden zu sein. Besonderes ist in Russland normal und normal gibt es nicht. Dafür steht „natürlich". Dann allerdings wäre etwas Besonderes natürlich und die Welt wäre um einiges ärmer – oder reicher. Die Sichtweise und ihre Verkehrung beginnt jenseits der Weichsel.

Eveline Huseldrom würde Katjas Tiwi zum Teufel jagen und ihr ein Sagenbuch vor die Nase halten, damit sie endlich ein Wollgras von einem Lungenkraut unterscheiden kann und nicht wie ein New York Kid durch die russische Pampa im Staatsforst unweit von Peredelkino 1 läuft.

Katja hat meine Gedanken durch die Leitung geahnt. Sie coached mit Inbrunst. Eine lange, schnell mit vielen aneinandergereihten Zischlauten gesprochene Erklärung auf Russisch folgt, was Ähnlichkeit mit der Aussprache ihres Herrn Vaters bei Amtsansprachen hat, die mehr Tadel als Lob enthalten. Man kann es ihm ansehen. Katja von mir aus in Hamburg nicht. Aber trotzdem: „Gut gecoacht, Katja", denke ich und sage: „Eigentlich wollte ich nur fragen, ob Deine

Mutter schon den Einschreibe-brief an mich zur Post gebracht hat."

Blöde Frage – wie soll Katja wissen, was ein „Einschreibe-brief" ist. Ich kann den Ernst der Lage aber nicht erklären.

Katja weiß sich zu helfen. Erst mit: *„Da"*, dann *„Weiß ich nicht."* , woraus ich schließe, dass das „Da" sich darauf bezog, dass sie meine Frage verstanden hatte.

Und nun?

Wir wollen in Urlaub fahren. Der Brief wird zurückgehen. Dann ist Frust so sicher vorprogrammiert wie Permafrost in Sibirien.

Frust passt nicht in das Beaubon System. Er zieht Korrekturen der Handelsbilanz von Import- mit Exportschlagern wie bei Fünf- und Zehnjahresplänen in Sowjetzeiten nach sich, als der Joghurt aus russischen Molkereien als vietnamesische Mango Kefir wieder zurück auf den russischen Tisch kam. Das hat man ihm nicht verziehen. Im besten Fall war es aromatisierte Stutenmilch von hoher Heilwirkung, worauf man sich besann und auch den vietnamesischen Mango Kefir wieder in Gnaden aufnahm und noch eine Kreation mit Bambusgeschmack bestellte.

5

Ljudmila Alexandrowna kannte die inlandssowjetischen Konstellationen und Konditionen in- und auswendig, nicht nur die Postalischen. Als Bürgerin der Föderation hat sich das nicht geändert, ist aber wegen lascher Einhaltung von ehemaligen Meldepflichten schwieriger zu erfassen, weswegen sie im Grunde ihres Herzens lieber Olga Rosella geblieben wäre, wenn sie nur ihren Felix hätte vergessen können und nicht dann doch wie magisch angezogen vor seiner Tür gestanden hätte.

Hatten Sie sich nicht nach vielem Hin und Her geeinigt, dass seine Tür seine ist und sie einen eigenen Eingang hat?

Schade, dass Ljudmila Alexandrowna so gar nicht auf aromatisierte und pasteurisierte Stutenmilch stand, sie, die mit „Huseldroms Service Pool" einen nicht unerheblichen Anteil am Wohlergehen von Millionen Russinnen trug, die im Notfall vom Maître Koselbrunn als allererste Priorität betreut wurden.

Es kam ihm und seinen Mandantinnen dabei zugute, dass er noch immer der Patenonkel vom flinken Felix und zusätzlich auch von Holger war, der im

Hinblick auf zukünftige Bedürfnisse, die seine Berufswahl bestimmten, von Mutter Eveline durchdigitalisiert worden war. Selbst Maître Koselbrunn hatte sich bei Holger Rat geholt. Er machte sich daraufhin bei Felix dafür stark, dass zumindest Namenstage beachtet werden müssen. Zwischen Felix Himmelheber-Beaubon und Maître York Koselbrunn ließ sich das ohne Streit bewerkstelligen. Auf beiden Seiten wurden keine Bedingungen gestellt.

Oder doch?

Eine kleine Bitte vom Maître! Frau Huseldrom mögen ein paar Liter Stutenmilch der Marke

„Matjes" oder „Bückling" zur Verfügung gestellt werden.

Der Felix zuckt zurück. Ungemach drohte. Die Huseldrom in absehbarer Zeit eine Import-Export-Konkurrenz ?

„Kann es nicht auch Kokosmilch ohne Fasern aus Thailand oder Indonesien sein?"

„Ljudmila Alexandrowna hält gar nichts davon. Sie hat bereits mit Kugelfischers Junior gesprochen, als sie beim G-8 Gipfel in Mecklenburgs Heiligendamm war und die First Ladies der wirtschaftsstärksten Mächte auf sich einschwören konnte, so sich einschwören lassen wollten, was bei einigen Damen aus unübersehbaren

Abwesenheitsgründen bis auf wie-
teres entfiel, wie Sie wissen. "

„Ich habe doch gesagt, sie soll
nicht Socken mit vier Nadeln
stricken, wenn sie nicht abheben
kann, ohne eine Masche fallen zu
lassen. "

„Genau!

‚Huseldroms Service Pool' St.
Petersburg steigt bei nächster
Gelegenheit auf ferngesteuerte
Vollautomatik um. "

„Ist das schlimm?"

„Eine Beleidigung für Frau Hu-
seldrom! Sie hatte sich das
leichtgängige Fußpedal paten-
tieren lassen und nie gemeutert,

als es auch ohne ihren persönlichen Einsatz als russische Errungenschaft erfolgreich benutzt und auch im Ausland vertrieben wurde. "

„Was fehlt ihr denn dann noch außer einem persönlichen Patentamt? Hat sie etwa einen Liebhaber oder will sie einen?

Koselbrunn, gucken Sie sich mal nach was Passendem um. Sie kennen sich da aus. Eine Frau will nicht plötzlich eine Steige Stutenmilch, nur weil sie meint, eine Erfindung von ihr sei missbraucht worden!"

„*Wie kommen Sie darauf, dass ich Frau Huseldrom umstimmen kann?*"

„Sie tragen gebatikte Krawatten!"

„*Ich kann nicht anders!*"

„Habe ich es mir doch gedacht. Versuchen Sie es dennoch, Maître! Das ist ein…" der Chef zischt wie Tochter Katja bei der Tiwi Störung.

Eveline Huseldrom war in punkto Sexualität im dualen System herzlich wenig experimentierfreudig, seit sie als zweieiiger Zwilling das kürzere Los gezogen hatte. Bei der Konfirmation in Schwedisch Weiß wurde ihr der Abendmahlskelch leer gereicht, worauf sie nichts anderes zu tun verstand, als einen Trunk zu simulieren. Nie

hat sie ein Wort davon verlaut-
baren lassen, obwohl dieser Fall
für sie zu keiner Zeit als
erledigt galt.

Katjas Tiwi Programm auf dem
Felixschen Kanal könnte kaum
tragikomischer sein. Ist es wohl
auch nicht, so wie es sich zwischen Gluckern – Cola? – und
verstärktem Kichern – Cola-
schwips? – anhört. Dazwischen
Marias ärgerliche Ermahnungen,
nicht weiter zu stören. Die
Sendung scheint spannend zu
sein, wie Ljudmila Alexandrownas
„Huseldroms Service Pool", wenn
das System sich nach mehrtägiger
Brache weigert, voll ans Netz zu
gehen und sie mehrere halbe
Seiten Brief schreibt, um genau

das zu schildern. Damit sind dann auch die Bürostunden beendet.

Katja zankt Maria kurz mit Zischlauten und redet weiter. Ich warte.

Der Film im Hintergrund?

Offenbar ist es keiner von Wladimir Putins Lieblingswestern. Es wird nicht geschossen und Pferdegetrappel ist auch nicht auszumachen. Kein Rauhbein brüllt. Weder auf Amerikanisch noch auf Russisch. Kein Johnny Cash oder John Wayne durchwabert die Leitung.

Ob die Ponies in Zukunft als Komparsen mitspielen dürfen? Der

Chef soll von ihnen ganz be-
geistert gewesen sein, noch vor
den Töchtern.

Vielleicht haben sich die beiden
Junior Coaches eine Konserve aus
der Dresdner Zeit eingelegt, wo
die Putins mit ihren Kollegen
keineswegs im sächsischen Tal
der Ahnungslosen verharrten,
sondern sich zu Hause Filme vom
kapitalistischen Feind ansahen.

Das war in den Endachtzigern,
Anfang der Neunziger.

6

Der telefonische Abfahrtslauf Moskau-Hamburg außerhalb der Skisaison legt inzwischen an Tempo zu.

Katja zerbeißt etwas. Es klingt nach Chips. Wenn jemand anfängt, beim Telefonat zu essen, ist es an der Zeit, es zu beenden. Es ist die kontraproduktivste Gast-freundschaft auf Erden. Bleibt nur zu fragen: „Was isst Du?" und ich würde die „Nutrition facts" vorgelesen bekommen. Eine Minute gegen einen Fernsehfilm an telefonieren hat wahrschein-lich 900 Kilokalorien und mehr.

„Tschüs. Grüß die Mutter."

Noch ein Knack, Beiß und Schluck - Katja legt auf. Einfach so.

Hatte sie die Leitung geknackt? Oder hatte sie einen Wink von Maria, der „Verehrtesten", „mein Lieber", Herrn Himmelheber oder Ljudmila Alexandrowna bekommen, die alle an Nachwuchsförderung interessiert sind – und alle in ihrem eigenen Sinne, weswegen die Nährwertangaben in Symbole umgewandelt wurden. „Pausi" ist liebenswürdig aufmerksam und macht schlank.

„Pausi" ist der medienrelevante Teil einer Betrachtung nach Art der Zehn Gebote, die von Film-förderung und Filmzensur - je nach politischem System und seinen Regisseuren - als Maßstab angelegt werden.

„Katja, hast Du Tiwi geguckt?"

„Nicht richtig."

Auch die halbe Wahrheit kann manchmal eine ganze sein.

Sie, lieber Fritz Molden, haben dieses wichtige Entwicklungsstadium für nicht wissenswert genug erachtet. Sie wollten keine zweite Bibel, obwohl sie die Mutter aller Bücher ist und eine kulturelle Brücke zwischen Orient und Okzident wie auch Russland als Teilhaber an beidem darstellt, die unverzichtbar ist. Und das alles, obwohl genau das auch Ihr Anliegen war. Sie haben daran geglaubt, dass Wladimir Putin die Welt verbessern werde. Daran wollten Sie teilhaben.

Ich wiederum habe mich in einem Dauerversuch bemüht, verständlich zu machen, warum er es so schwer damit hat, seinen Landsleuten und ihren Verbündeten das Lächeln beizubringen.

Hochverehrter Herr Verleger, ich gebe meinen Widerstand gegen ein persönliches Wort an L.A. auf und revidiere meinen Brief von damals. Kopie anbei.

Mit besten Grüßen

Ihre

I. P."

7

„Liebe Ljudmila Alexandrowna,

kennen Sie die Bibel in etwa? Das wäre hilfreich, um an unsere Gespräche besser anschließen zu können.

Ich meine mich zu erinnern, dass es in Ihrem Petersburger Domizil vergangener Tage eine Bibel gab, vielleicht sogar eine Familienbibel. Falls Sie dort noch nicht hineingeguckt haben, würde ich empfehlen, dass Sie es tun. Bitte nicht der Reihe nach, sonst kommen Sie über Adam und Eva nicht hinaus. So richtig

los geht es ab dem 3. Buch Moses.
Dann wird es spannend. Ich habe
mir sagen lassen, dass es bereits Comic Hefte davon gibt.
Vielleicht versuchen Sie es zum
Angewöhnen erst einmal damit.
Das Auge braucht auch Futter, um
die Vorstellungskraft zu animieren, was bei Ihnen unter Umständen einfacher ist, als
manche es denken.

Ich würde Ihnen sogar zutrauen,
dass Sie über die häusliche
Schiene von Ihrem Felix hinaus
den Sinai mit dem Katharinenkloster als Merkposten auf
Ihrem Bildschirm haben, um nicht
gar zu sagen: vor Ihrem unumnebelten, geistigen Auge, aber

vielleicht kann ich Ihre Neugierde noch etwas mehr kitzeln.

Auf dem Sinai gibt es als Ergänzung zum Kloster einen Rosenstock wie in Hildesheim. Die Blüten sind gefüllt. Sie haben einen Duft, der englischen Rosen nicht unähnlich ist und auch von den alten Niederländern gerne gemalt wurde. Heutzutage bekommt man sie in beinahe jedem Baumarkt oder Gartencenter, was zu begrüßen ist, damit auch denen der Genuss nicht vorenthalten wird, dem der Sinai zu weit und zu beschwerlich ist.

Ihr Little Junior Coach trägt den schönen Namen der Schutzheiligen des Sinaiklosters als ersten Nenner außer Beaubon, Vanila und Rosella Rosellarum.

Oder haben Sie Ihre Jüngste nach der Großen benannt, die nicht immer heilig und außerdem ziemlich Deutsch aus einem fürstlichen Ableger eines bedeutenden Hauses war - den Himmelhebers in manchem nicht unähnlich, aber doch nicht so artverwandt, dass es unangenehm aufgefallen wäre?

Oder aber - nein, ich kann es mir nicht vorstellen, muss es aber dennoch in Erwägung ziehen - hatten Sie lediglich an die einer Galionsfigur ähnlichen Skulptur an der Hafeneinfahrt von Warnemünde gedacht, quasi gegenüber von der „Großen Stehenden", die gerne als „Eherner Reiter" Mecklenburgs herhält? Hierher wallfahrten die Neuvermählten - manchmal sogar schon vor der Eheschließung - mit Zubehör und Fotografen. Sicher ist sicher. So manche Hochzeitsfeier war das Ende des auf ewig angelegten Bundes.

Noch eine Frage zu Ihrer eigenen Hochzeit: hatten Sie ein Paradefoto mit dem Schutzheiligen junger russischer Paare in Ihrer ganz privaten Ikonenecke? Sie ganz in Weiß, Felix im besten zur Verfügung stehenden Anzug und mit weißem Hemd?

Ich kann nicht umhin, Ihnen zu sagen, dass Sie an einen falschen Heiligen geglaubt haben. Puschkin wie auch die große Stehende in allen Ehren, aber sie sind Sinnbilder. Nicht mehr. Es gibt bekanntlich sehr wenige davon, an die geglaubt werden darf. Dazu gehört in der älteren Neuzeit das Kreuz.

Spätestens bei diesem Wissensstand sollten Sie nämlichen erweitern. Für den Orient muss man sich der Historie annehmen - auch Sie! - zumal Sie dorthin nicht den Express bevorzugen, sondern Direktflüge! Da kommt schon wegen der Reisehöhe und -geschwindigkeit manches durcheinander. Kaum, dass man die

Küsten erkennen, geschweige denn auseinander halten kann, die überflogen werden müssen, wenn sie nicht gerade von einem Verbot belegt worden sind, was in der Gegend sogar noch häufiger vorkommt, als auf der Polarroute vom Westen über den Osten zum Westen. Da brauche ich Ihnen nicht viel zu erzählen, kann Ihnen wahrscheinlich sogar die Bibel nicht auf die Schnelle weiter helfen. Sie sind ja bekanntlich zu mancher Leidwesen bekennend informationsautark

Trotzdem: Der kürzeste Weg ist nicht immer über Sibirien, aber auch das ist bekannt. Wenn nicht bei Ihnen, wo dann?

Sibirien in allen Ehren, aber es war damals zur Zeit des Klosterbaus auf dem Sinai noch Mammutland und an wesentliche, kommerziell nutzbare Diamantenfunde war nicht zu denken.

Ljudmila Alexandrowna, lassen Sie sich von nationalem Diamantenchauvinismus nicht wild machen! Nicht alle Spitzenwerte sind russisch, aber es weist Sie bei allem Für und Wider eines Diamantenfiebers als echte Russin aus, dass Sie sich bei fast allem - und bei Diamanten erst recht - eine Chance ausmalen.

Das Heilmittel dagegen haben Sie - nicht nur prophylaktisch - schon selber gefunden: ab in den

Original Orient! Dort hat man es eher mit farbigen Edelsteinen: Rubinen, Saphiren, Smaragden.

„Stimmt nicht", sagen Sie. „Ich höre tagaus, tagein nichts anderes als ‚Diamond'. Gerade so, als wenn es sie statt Felafel an einem Bratwurst- oder Schaschlikstand geben würde."

„Bluff!", sage ich. „Das ganze Getue um Diamanten ist reines Ablenkungsmanöver, um sich nicht in die Karten blicken zu lassen. Davon können Sie als neue Therapie gegen Ihr Fieber noch lernen, auch wenn es erst eine erhöhte Temperatur sein sollte!"

Es gibt drei wichtige Börsen, die von Orientalen dominiert

werden, wo gehandelt wird, nachdem sich Diamantenschleifer darüber manchmal Jahre den Kopf zerbrochen haben, wie der Stein wohl unter ästhetischen Gesichtspunkten höchster Ökonomie zu schleifen wäre, um ihm einen Charakter zu geben, der unverwechselbar ist. Ein blauer Diamant kann noch blauer werden, ein rosaner noch rosellaner. Die rein weißen kommen in die Kronleuchter.

Eines Tages wird sogar noch die familieneigene Knolle „Beaubon" einen interessanten Schliff erfahren. Vielleicht den „Rosellorlowa". Wieviel darf er in gängigen Währungen kosten?

Machen Sie sich keinen Kopf, Ljudmila Alexandrowna, keiner wird so indiskret sein und Sie direkt danach fragen, ob die Scheine fertiges Geld sind oder noch vor der Ummünzung stehen.

Ehrlich gesagt habe ich noch immer nicht in aller Tragweite verstanden, was „fertiges Geld" ist, von dem Sie sprachen. Ist es ein ererbtes Vermögen, ein Spielgewinn, gefälschtes Kapital, bar oder Aktien? War und ist der terminus technicus Insidern vorbehalten oder Umgangsrussisch?

Kann ich aus Ihrer profunden Kenntnis schließen, dass Sie

sich intensiv mit Banking beschäftigt haben?

Angelernt?

Wann?

In der kurzen Zeit, als Sie von St. Petersburg nach Moskau übersiedeln mussten oder schon vorher als Gattin eines der stellvertretenden Bürgermeister von St. Petersburg?

Hatte Ihr gesteigertes Interesse an Anlagewerten etwas mit „fertigem Geld" zu tun?

Waren oder sind Sie Treuhänderin? Wenn ja, für wen?

Sie wissen gar nichts davon?

Dann wird es allerhöchste Zeit, dass Sie sich das Wissen zueigen machen. Ich will ja nicht petzen, aber Eveline Huseldrom sucht einen neuen Mantel!

„Fräulein Huseldrom?", werden Sie fragen. „Wer ist für mich Fräulein Huseldrom?"

„Ich bitte Sie, Ljudmila Alexandrowna! Fräulein Eveline Huseldrom, geborene Beaubon, verehelichte Huseldrom, die Primaballerina von ‚sie'!"

„Ach, die!", würden Sie ätzen.

„Ach die – genau die! Ein neuer Mantel für Fräulein Huseldrom könnte Sie teuer zu stehen kommen, wenn sie sich mit Felix' ständigem Berater Maître Koselbrunn darüber einigt."

„Ständigem?"

8

Ein Gegenangebot für den Aus-
stieg in den Einstieg zur Up-
valuation: Einer Ihrer Monats-
steine, Ljudmila Alexandrowna,
ist der Onyx. Den gibt es gerne
in Verbindung mit Diamanten. Das
sieht zwar im Kleinformat etwas
vulgär aus, kann aber in einer
nicht ganz bescheidenen Größen-
ordnung als herausfordernder Effekt enorm was hermachen und
erinnert entfernt an die na-
türliche Schönheit einer Onyx
Antilope im Osten Afrikas, von
der Sie sich doch mal eine
kleine, aber nicht zu beschei-
dene Herde zulegen könnten, um

immer vor Augen zu haben, wie ästhetisch es sein kann, vorübergehend mit wenig auskommen zu können, wenn die Meditation es erfordert.

Auch das war und ist Orient pur! Das hat uns bereichert und bereichert uns noch immer. Es mag Sie aus persönlichen Gründen nicht interessieren, aber Sie dürfen nicht vergessen, dass der Orientexpress eine Errungenschaft war, die jeder, der es sich leisten konnte, einmal in seinem Leben als Gast inspiziert haben sollte. Einsteigen können Sie sogar vor Ihrer Haustür. Beinahe alles ist Verhandlungssache und beinahe nichts unmöglich. Bis Istanbul heißt der Express dann einfach auch „Transsib" und die Kontrolle über den Kaviarkühler obliegt Ihnen. Danach übernehmen andere Expressausstatter mit ortsüblichen Angeboten gegen ortsübliches Kleingeld. Spätere Verrechnung ist wohl auch möglich. Bitte erkundigen Sie sich vorher. Das erspart Ihnen und Ihrer Reisebegleitung – Sie werden sich doch wohl nicht alleine auf Schusters Rappen begeben? – Unannehmlichkeiten kaum noch überschaubarer Dimensionen.

Bedenken Sie, dass der Express ursprünglich direkt nach Jerusalem führen sollte. Auch das klappte nicht ganz so glatt, wie erwünscht. Die Gründe waren ohne

Wenn und Aber politischer Natur. Die diplomatische Lösung: der Express führte an Jerusalem vorbei, aber dann ohne viele Zwischenstopps nach Baghdad Central Station und galt als logistisches Meisterwerk für die Interessen des Westens im Nahen und Mittleren Orient, besonders auch während der Weltkriege. Als die dann vorbei waren, traten die Engländer und Franzosen weitgehend das Erbe des Sultan an, das nun teilstreckenweise unter verwehtem Wüstensand lag.

Russland, wegen interner Probleme nicht spontaner Kriegsteilnehmer, laborierte trotz siegreichen Einsatzes an Verlusten durch die letztendlich sieglosen Deutschen. Es war mit dem Aufbau der Sowjetunion befasst, was besonders Orientalen, aber auch Holländern und anderen Ethnien, die einstens ins Land gerufen worden waren, um es zu kultivieren, in Russland nicht immer gut bekam. Sie wurden schnell zum Sündenbock für Missernten und Fehlanzeigen und zogen es vor – so sie konnten – das Weite zu suchen.

Viele kamen aus dem ehemaligen K.u.K. Reich. Ihr Treck führte über das arg gerupfte Österreich ohne Habsburger, die Türkei ohne Sultan, aber immer noch mit Top Kapi, oder Griechenland, das furchtbar gebeutelt war und es blieb, nach Palästina, wo alles offen war.

Haben Sie etwa auch das nicht gewusst?

Ljudmila Alexandrowna, Sie, die Katharina Beaubon und auch ihre Schwester, ebenfalls Beaubon, aber Olga mit zweitem Nennnamen, dahingehend chefincoachte, bei allen Spanienurlauben in Villen russischer Oligarchen, wo Filmdrehs nicht erlaubt sind, aber ständig Filme abgehen, die dann bei uns als Schauermärchen durch die Zeitungen wandern, immer gute Russinnen zu sein und zu bleiben, nur zur besseren Ortung für Sie und nur für Sie allein:

Die russischen Orientalen, die Sie in den spanischen Villen nicht persönlich antrafen und sich statt ihrer mit einer hochklassigen, aber doch etwas unbequemen und extrem anonymen Gastfreundschaft zufrieden geben mussten, können Sie am besten am originären Schauplatz ihrer Herkunft begutachten. Voraussetzung: Sie sind nicht gerade in Russland, wo Sie die begüterten Gastgeber ja wohl innerhalb des „Rent-a-Milliardär" Programms der dafür zuständigen postsowjetischen Agentur für die Vermittlung von Ökonomieavantgardisten mit anerkanntem Hochschulabschluss genannt bekommen haben. Ihr Felix wird wohl ein Auge darauf gehabt haben, dass Sie nicht in falsche Hände gerieten. Eigentlich hätten Sie zufrieden sein müssen. Oder kannte er Sie so wenig?

Sie haben sich sowieso verselbstständigt?

Das habe ich nicht gewusst!

Haben Sie dabei umdisponieren müssen und - mit Sonderkonditionen? - das ägyptische Hurghada angesteuert, wo es auch schönes Baden und Tauchen ist?

In Hurghada sollen ganze Kolonien von russischen Badeschönen den Strand bevölkern. Es ist jedoch stärker islamischen Regeln unterworfen als Eilat, was Sie nicht in der Bibel nachlesen können. Dafür ist sie zu alt. König Salomon war zwar auch da nicht fern, aber nicht immer mit zukünftigen Gesetzen beschäftigt. Das machte ihn trotz aller zeitgenössischer Gesetzesstrenge und gelebten Prunkes sympathisch, womit ein bedeutender Teil seiner Generalität nicht ganz übereinstimmte. Das regelte er dann zunächst auf seine Weise und später in Abstimmung mit dem Betroffenen. Oft als Muster mit Wert verfilmt. Trotzdem: Nicht alles daraus ist sehenswert, aber lesen müssen Sie es bei Gelegenheit unbedingt mal !

Danach werden Sie - mit bekanntem Eigensinn - für sich das

Fazit daraus ziehen, dass Touristen und besonders auch Touristinnen sich um Reglements nicht unnötig scheren sollten, solange nicht die rote Kelle gehoben wird.

Tut sie?

Sie murren und scheren sich weiter nicht drum?

Ich weiß, Sie lieben den Tanz auf dem Vulkan, aber bleiben Sie bitte dabei auf Ihrem eigenen!

In Ägypten kann man die rote Kelle auch unten lassen, um die Lage erheblich zu verkomplizieren, weil dann kein Bakshish auf der Welt, kein Maître Koselbrunn und auch kein Felix

mehr eine sich unheilvoll ent-
wickelnde Xenophobie zum Guten
ändern kann.

Dabei ist das Leben manchmal
viel einfacher, als Sie anderen
unterstellen, es Ihnen zu machen, wenn Sie Hintergründe kennen und akzeptieren!

Wollen Sie nicht?

Brauchen Sie nicht?

Der einfachste Weg: rübermachen
ins israelische Eilat, wo es
noch herrlicher unkonventionell
zugeht als im übrigen Israel?

Wissen Sie, warum?

Es ist ein besonderer Ausdruck
unbeugsamen Freiheitswillens!

Und wissen Sie, warum das?

Die meisten der schmucken, jungen Kerle - viele baumstark, groß und blond - und Bikini- liebhaberinnen, die in nichts den russischen Schönen nachste- hen, sind Nachkommen von den- jenigen, die vor Pogromen in Eu- ropa – auch in Russland -, Zer- störungen und dem Morden des ersten und zweiten Weltkriegs Leib und Leben in Sicherheit bringen mussten.

Manche können Sie immer noch auf Russisch ansprechen und eine gepflegte Antwort bekommen. Sie könnten sogar danach fragen, was der Grund dafür ist, dass sie fließend Russisch sprechen, müssten sich aber unter Umstän- den ein paar Fakten anhören, mit denen Sie mit hoher Wahrscheinlichkeit – im schlimmsten Fall wider besseres Wissen – nicht einverstanden wären.

Deutsch ist inzwischen komplett out, Englisch ist gang und gäbe, Französisch wieder im Kommen und Arabisch ein Muss. Alle anderen Sprachen auf Anfrage. Sie könnten es ja mal versuchen, ohne gleich ans Eingemachte zu gehen.

Sind Sie tatsächlich ganz in den Süden Israels gereist, um zu befinden, dass diese Menschen unterhalb Ihres Niveaus sind?

Wo ist das denn, bitteschön? Sie müssen nur rechtzeitig Mitteilung machen, dann kann man sich schon danach richten.

9

Dort in der Retortenstadt Eilat, unweit von historischen
Einmaligkeiten, aber weit genug,
um sich nicht peinlich zu sein,
keine Lust zu haben, sie zu be-
sichtigen, können Sie sich mal
richtig gehen lassen wollen,
wenn Sie sich mal wieder selber
im Weg stehen, was leicht vor-
kommen kann. Besonders dort,
aber auch dort bitte nicht zu
sehr. Sie wissen schon, was ich
meine. Bestimmte Regeln, die Sie
in Hurghada zu umgehen trach-
teten, gelten auch hier.

Glauben Sie nicht, dass ich Sie
nicht verstehe. Die Weite von

Meer und Sand ist wie das Lesen von Büchern, ohne sich mitteilen zu können: es macht verdammt einsam und führt oft zu grotesken Rückschlüssen, die das gesamte Weltbild in eine Schieflage bringen könnten.

Bitte beachten: Die prächtigen Fische aus dem Roten Meer sind nicht nur für Aquarien, können aber sogar in Moskau für Nachwuchs sorgen. Lassen Sie sich doch das nächste Mal einfach ein Aquarium servieren und fischen sie selber mit Schneckenzangen. Sie werden erstaunt sein, was Sie alles an die Angel bekommen!

Das ist garantiert noch um einiges aufregender als das Fischrestaurant mit gläsernem Boden mitten in Moskau.

War er nicht doch golden? Überlegen Sie noch mal!

In Eilat gibt es Boote mit gläsernem Boden. Haben Sie sich daran erinnert, Ihrem Felix einen heißen Tipp gegeben und er hat die Idee Ihnen zuliebe von einem seiner genialen Fachmänner in Russland umsetzen lassen?

Glückwunsch zu Ihrem guten Geschmack und Ihrem Felix, Ljudmila Alexandrowna, der sie erhört hat, obwohl Sie meinten, dass die Menschen im Orient, wo Sie neben Edelsteinen und Booten mit gläsernem Boden viele andere Animationen erlebten, unkultiviert und unzivilisiert sind.

Wie sind Sie bloß auf dieses Vokabular verfallen? Haben Sie auf dem Queensize Bett im Hotel gelegen und im Wörterbuch geblättert, um danach den Inhalt Ihres Briefes zu bestimmen? So eine Art der Selfeducation kann voll daneben gehen. Ich verstehe Sie rein menschlich, was allein nicht reicht, um Gerechtigkeit zu erlangen.

Auch Maître Koselbrunn wird die Hände über dem Kopf zusammengeschlagen und nun nämliche voll zu tun haben, um den schlechten

Eindruck dieser riskanten Wort-
wahl auf diplomatischem Wege zu
entschuldigen. Er hat dafür sogar Auftrag von höchster Stelle.
Ich hoffe, dass es Sie beeindruckt und versuche darüber hinaus – in bescheidenem Umfang –
noch etwas mehr zu einer anderen
Sicht beizutragen:

Keiner verlangt von Ihnen, dass
Sie sich selber am Sand des Ori-
ents auf- und abreiben.

Nehmen Sie ein wenig Rücksicht!
Nicht alle sind so abgehärtet
wie Sie. Einerseits. Andrerseits
sind manche auch abgehärteter.
Da sollten Sie es nicht auf ein
Kräftemssen ankommen lassen.

Denken Sie nur an den Sohn Ihrer Bekannten! Ein paar Tage bei Ihnen im Staatsforst haben ihm gereicht, die Erziehung Ihrer Töchter in Frage zu stellen. Und er war Russe, sogar ein Sprössling von „sie".

Oder irre ich?

Vielleicht verschwenden Sie gelegentlich mal einen Gedanken darauf, wenn Ihnen zufällig ein Orientale von „sie" in Moskau oder St. Petersburg begegnen sollte. Und wenn Sie den Gedanken darauf verschwendet haben, machen Sie sich nichts daraus, dass Sie der Verdacht beschleicht, Sie hätten hier und da nicht Recht mit Ihrer Einschätzung gehabt!

Nehmen Sie es einfach als gegeben und ziehen Sie eine gute Lehre daraus, selbst, wenn Sie dann gerade mal wieder damit beschäftigt sind, sich Flugtickets für die andere Seite des Äquators zu besorgen, um zu sehen, ob die Palmen wirklich keine Kokosnüsse tragen, die Ihnen – als „Gesetz des Lebens" – auf den Kopf fallen könnten. Auf den Seychellen, Malediven und auf Mauritius gibt es sogar noch einiges mehr nachzubessern, wofür Sie sich einsetzen, als hätten Sie die Schirmherrschaft für die Inselreiche übernommen. Es ist anzunehmen, dass Ihre

Verdienste irgendwann mal dafür mit diamantenbesetzten Orden belohnt werden. Die Empfehlungsschreiben dafür sollen sich bereits stapeln. Passen Sie auf, dass nicht St. Helena dabei ist!

Deutschland hat ja Ihre Bemühungen um die deutsche Sprache durch „Huseldroms Service Pool" und im mutig erkämpften Schriftverkehr mit mir - und sicher auch anderen, von denen ich nichts oder doch nur wenig weiß - schon entsprechend gewürdigt. Sie haben sich vermutlich nicht ganz wohl dabei gefühlt - oder Maître Koselbrunn musste erneut im Auftrag der höherer Warte in Aktion treten, Ihnen, Ljudmila

Alexandrowna, nahezulegen, das nicht unerhebliche Preisgeld zu stiften.

Eine gute Eingebung!

Was brauchen Sie noch?

Die große Emotionsshow?

Bittesehr!

Als es zu einem der ersten Staatsbesuche nach Indien ging, waren Sie mit von der Partie, obwohl Sie Schaulaufen hassten. Das Taj Mahal wollten Sie sich nicht entgehen lassen. Sie waren ja Vorstandsvorsitzende der Ehemaligen von „sie".

Ob Sie sich der Bedeutung voll umfänglich bewusst waren, als Sie sich für das obligatorische

Bild vor dem Taj Mahal ablichten ließen? Sie, die eigentliche Olga Rosella aus dem Land der Millionen Neusowjets - eine Nachfolgerin der Alliierten aus dem zweiten Weltkrieg, aber auch der Okkupanten und Kalten Krieger - mit einem scheuen Lächeln, dass so sehr an das des Präsidenten erinnert, als ob sie sich nicht erst kurz vor Ihrer Dresdner Auslandsmission kennengelernt hätten, sondern wie einst Philemon und Baucis bereits als Beaubon und Himmelheber in einem Stamm zusammengewachsen wären.

Philemon gab sich unkonventionell, eindeutig suggerierend, dass er kein indischer Moghul

ist, was seine Religionszu-
gehörigkeit zwar unzweideutig
klärt, aber nichts über sein
sonstiges privates oder poli-
tisches Vermögen in der Vergangenheit, Gegenwart und Zukunft aussagt. Alles in allem
ein Auftritt, der als locker vom
Hocker bezeichnet werden könnte.
Klug wie er ist, hat er nie vom
„Indischen Grabmal" gesprochen,
allerdings dem hohen Ansehen bei
allen Indern dennoch nicht ganz
Rechnung getragen. Vielleicht
hat er die Situation aus einem
etwas abgefälschten Winkel gesehen, weil kein Kranz mit
Schleife niedergelegt werden
musste, was ihm nicht ganz ge-
heuer gewesen sein dürfte.

Ja, wo hat er sich denn dann überhaupt am Taj verewigt? Im Gästebuch?

Sie, Ljudmila Alexandrowna, brachten sich voll ein und gaben sich in sommerlichem Jackenkleid mit g'schamigem Schälchen staatstragend steif.

„Muss er sich immer so dahinflözen", schienen Sie zu denken und zu hoffen, dass er den tieferen Sinn des Taj Mahals kennt, den Sie ihm auf russische Art vermitteln wollten.

„*Muss Sie sich gerade hier in Pose setzen*", schien er zu denken und kennt den tieferen Sinn des Tajs für sich sehr wohl, aber deutete ihn um.

Soweit Vorderindien, zu dem Sie erst Vertrauen aufbauen mussten.

Nun Hinterindien:

Ein enger Freund von Ihnen, Ljudmila Alexandrowna, und ihrer Familie, ein Bankkaufmann – haben Sie ihm den Einblick in die Finanzwelt zu verdanken? – aus St. Petersburg, war Honorarkonsul des Königreiches Thailand. Was hatten Sie von ihm vorgeschwärmt! Ein Backfisch war gar nichts dagegen!

Kaum ein paar Stunden, nachdem das Fotoalbum zugeklappt worden war, in das Sie uns sicher nicht zum Vergnügen von Ihrem Felix Einblick gewährt hatten, ging die Tür auf und hereinspaziert kam ein sehr gut aussehender, noch junger Mann an Jahren, den ich aber allein von dem einen Foto nicht wiedererkannt hätte. Es war der von Ihnen Angehimmelte. Sie waren perplex, hatten aber wohl Ihren Felix in Verdacht, bei dem „Zufall" etwas nachgeholfen zu haben. Ihnen brach mal wieder der Schweiß aus. Sie begrüßten ihn verhalten. Er Sie ebenfalls. Das traf Sie.

Glauben Sie mir, nicht nur Ihnen wurde es ungemütlich in dieser neuen Zusammensetzung unserer abendlichen Tafelrunde bei Ihnen zu Hause, die ab Eintreffen des Überraschungsgastes eher als

„Aufmischung" hätte bezeichnet werden können!

Das penetrant herausgekehrte Selbstbewusstsein des Beaus, trug nicht dazu bei, Sympathiepunkte zu sammeln.

Sie litten weiter, Ihr Felix amüsierte sich, mein Mann beobachtete von höherer Warte, ich überlegte, was ich unternehmen könnte, den gordischen Unterhaltungsknoten zu lösen.

Wie hieß der „sie" – war er es? Der Name ist mir entfallen oder hatte er sich überhaupt nicht vorgestellt? – mit Inbrunst nicht einmal, sondern in jeden Satz zwei- bis dreimal von „Ihrer Majestät" sprach!

Hatte er Sie gemeint, Ljudmila Alexandrowna? Nach der kühlen Begrüßung – wohl kaum! Oder doch? War sie – und das darauf folgende flegelhafte Benehmen – ein trompe d'oreille für unerwünschte Mithörer gewesen?

Das Essen war für den Parvenu völlig indiskutabel – für die deutschen Gäste mochte es gerade gut genug sein – und was sollte er wohl in einem Haus, wo es keinen Apfelsaft gibt?

Das Mienenspiel des Chefs verfinsterte sich nicht einmal, es fror ein. In Deutschland würde man im übertragenen Sinne sagen: ihm ging der Hut hoch.

Ich sann auf Sachliches und begann eine Konversation, in der ich Ihren Bekannten aus Interesse am Land der tausend Elefanten auf die Probleme des thailändischen Baht aufgrund von Spekulationen ansprach. Er würdigte mich keiner Antwort.

Warum diese Empfindlichkeit?

Er wechselte noch mit dem Maître an meiner Seite, einem Fachmann für Finanzfragen und Kirchenrecht, ein paar ärgerliche Sätze, bis der Chef die Situation in seinem Sinne bereinigte.

Der Herr Honorarkonsul eilte auf Befehl des Chefs zu dessen Auto, warf sich wütend auf den Sitz neben dem Chauffeur und brauste mit uns in den weichen Polstern des Wagenfonds gen Hotel in Moskau, wo wir ohne Abweichung von der Cheforder abgesetzt wurden, während er – rechts und links ein Telefon am Ohr – übergeordnete Geschäfte zu erledigen schien. In New York durfte Wall Street gerade eröffnet haben, aber Termingeschäfte konnten sicherlich auch in London platziert werden.

Es war ein Orchideenauftritt à la „Papua", ein beliebter Code, seit wir russischen Diplomatenbesuch gehabt hatten, der als Angebinde einen ausgewachsenen Hartlaubstängel, wie eine Echse geschuppt und zur Blüte hochrot, mitbrachte.

„Wirklich ungewöhnlich – wie heißt?"

Beratung.

„*Papua!*"

Lachen.

Wissen Sie, Ljudmila Alexandrowna, wie „Papua" wirklich heißt?

Machen Sie sich nichts draus, wenn es auch Ihnen nicht spontan einfällt! Es wurde für uns zu einem Synonym für Vages, auch Heikles.

„Olros" und „Huseldroms Service Pool" – etwa „Papua"?

Liebe Ljudmila Alexandrowna, ich komme nun zum Ende meiner Antwort auf Ihre Briefe. Es ist Ostermontag und die Krokusse auf dem begrünten Flachdach des Anbaus auf der Rückseite des Hauses, wo wir jetzt wohnen, dem sonnigsten Flecken, sind bereits ausgeblüht, aber die große Birke im Garten, die in den nächsten wenigen Wochen wohl als erste durchgrünt, wird auch in diesem tristen Frühjahr wieder für ein freundlicheres Bild sorgen.

Ihre

l."

P.S.: Ich habe gerade noch einmal den Brief von Ihnen aus dem Winterurlaub in den Alpen gelesen, den Sie am 18.1.1998 geschrieben haben und denke, dass sich in Ihrem Leben einiges geändert hat – und vieles nicht.

Sie müssen keine Skipisten mehr herunterfahren, Sie hassen nicht mehr das Leben, sondern genießen es hoffentlich, Sie schreiben den ganzen Brief mit einem goldenen Stift. Das stimmt mich positiv und macht mich hoffen, dass Sie weiter Grund haben, Ihre Gedanken in Gold zu fassen.

Unsere Geburtstage waren ein großes Thema mit viel Spielraum für Nachdenkliches. Mein Blumenstrauß war für Sie, die Sie in Frankreich feierten, einer unter vielen und noch mehr Geschenken, wie ich von Ihnen zu verstehen bekam. Alle aus Russland und Umgebung? Und persönlich rechtzeitig auf den Weg gebracht – oder in Auftrag gegeben? Sie waren es einigermaßen zufrieden und wünschten sich selber privates Glück, waren aber ängstlich, es könne wegen eines angeblich schlechten Omens nicht in Erfüllung gehen.

Ich erzählte Ihnen, in Deutschland gelte es als Glücksbringer, wenn man von einem Vogel auf den Kopf geschissen wird.

Sie waren gerade in einen Hundehaufen getreten. Ich habe Ihnen Mut gemacht und Ihnen empfohlen, den Umstand einfach als Glücksbringer umzudeuten, was Sie freudig aufgriffen.

Oder war es umgekehrt: Ich war in einen Hundehaufen getreten und Sie von einem Vogel auf den Kopf geschissen worden?

Jedenfalls war mir nach Galgenhumor zumute gewesen, als ich bei unserem Telefonat von Ihrem Geburtstag hörte und daran dachte, dass Sie sich in Eilat „arm" vorgekommen waren. Weswegen? Sie hatten eine Handvoll Schmuck aus Eilatstein erworben und sahen gleich darauf im Schaufenster eines berühmten Juweliers Edelsteine glitzern und funkeln. Das stieß Ihnen auf.

Wenn ich heute allerdings den wahren Wert von Eilatstein in Betracht ziehe – aber lassen wir das. Es ist ein langes Thema, was Sie, die darüber urteilt, ob Geschenke verdient oder unverdient sind, unnötig ermüden könnte. Sie fanden, dass Sie die Geschenke, die Ihnen in Frankreich überreicht wurden, verdient hätten. Da gibt es nicht mehr viel anzumerken. Ach ja, ich hatte mir von Ihnen eine Geburtstagskarte verdient, deren Wert heute über jede Schätzung erhaben ist.

Eine Frage noch: Täusche ich mich oder hatte das Geschäft in der Siedlung mit den hässlichen Wohnsilos mitten in Moskau, zu dem Sie mich führten, um Mitbringsel aus Ural Halbedelsteinen zu kaufen, nicht auch Eilatsteine – oder habe ich das verwechselt, weil Sie Bernstein kauften? Wirklich nur Bernstein? Hier in Moskau, wo Sie doch aus Kaliningrad, eine der Bernstein Hochburgen schlechthin, kommen und ihn wahrscheinlich in St. Petersburg viel besser hätten erwerben können?

Ich hatte Ihnen vertraut, weil Sie den Inhaber offenbar kannten, obwohl wir zunächst einmal auf Einlass warten mussten und überlegt hatten, uns solange auf die Stufen des Eingangs zu setzen, bis er kommt.

Um uns herum: streunende Kinder, ein Alter oder eine Alte, die uns misstrauisch beäugen. Die ersten Bettelversuche werden von Ihnen – zu unserem Schutz – energisch abgewehrt. Die Situation wird zunehmend unangenehm. Wer wohnt in dem Viertel außer Halbedelsteinhändlern?

Dann: Donnernde Kampfjets genau über uns! Für mich beängstigend. Für Sie - allem Anschein nach - keineswegs.

Mein Mann verflucht meine Souvenirsjägerei. Sie nehmen mich halbwegs in Schutz. Es wird aber knapp. Auch Sie sind drauf und dran, das abenteuerliche Unternehmen aufzugeben.

Wir können aufatmen: Der Geschäftsinhaber trudelt ein und öffnet seine Pforten für uns.

P.P.S.: Noch ein Brief. Dieses Mal aus dem 850-jährigen Moskau.

Er trägt kein Datum und beinahe alles, was Sie darin beschreiben, ist irgendwie ein wenig unkonturiert. Die Zeiträume, von denen sie erzählen, sind sehr weit gefasst, beinahe futuristisch. Somit steht dieser Brief in einem guten Verhältnis dazu, selbst, wenn Sie ihn durch die Jahre teilen, während der Sie sich nicht gemeldet haben.

Ein Hinweis auf das Datum Ihres Briefes dann im Verlauf Ihrer Berichterstattung: zwei Wochen nach unserem einwöchigen Besuch bei Ihnen in Moskau, der uns sehr bewegte. Wir zehren immer noch davon.

Warum haben Sie den Einladungen anläßlich des 850 Jahre Moskau Jubiläums nicht Folge geleistet?

Zu langweilig?

Wegen der Reden?

Oder Reden von den „falschen" Rednern – schon lange bestellt und endlich abgeholt?

Zum 900. Geburtstag Moskaus wird es garantiert einen Wechsel geben. Mögen dann andere über den Gezeitenlauf entscheiden und möge sich zeigen, dass wir beide nicht ganz ohne Erfolg gewirkt haben, als wir uns mit der von historischen Fakten belasteten Gegenwart quälten.

P.P.S.: Da ist er, der Brief aus Eilat, der mich in Aufregung versetzte, dass ich drauf und dran war, danach unsere Freundschaft zu beenden – und sie doch weiter hegte, als wenn beinahe nichts gewesen wäre! Es erinnert mich an die absurde Situation – Papua! – in St. Petersburg. Zweimal bekam ich auf die Frage, wo ich den armenischen „Ararat" kaufen könne, die sehr bestimmt klingende Antwort, dass es ihr zur Zeit nicht gäbe, weil die

Russische Föderation sich im Krieg mit Armenien befände.

Es gab jedoch ein Geschäft – „Jelissejew" am Alexander Newskij Prospekt –, das den guten „Ararat" Brandy führte. Ich hatte ihn dort gesichtet, wusste jedoch nicht, wie ich ohne Taxi zum Newskij kommen sollte.

War es uns im Westen entgangen, dass Russland – außer ab und an mit Aserbeidschan und Georgien - auch mit dem bisher tadellos loyalen Föderationsstaat Armenien in kriegerische Auseinandersetzungen verwickelt war – oder ist es eine bestimmte Gruppe um das Objekt „Jelissejew", das Begehrlichkeiten weckt, weil es das Beste ist, was es in St. Petersburg und in Moskau gibt, wenn die Gelüste nach Delikatessen sehr drängend sind, wie es bei Ihnen ja auch nicht selten vorkommt?

Sehen Sie, Ljudmila Alexandrowna, wir haben keine russische Mentalität und können schwer damit umgehen, wenn wir über Verhältnisse im Unklaren gelassen werden oder uns etwas kolportiert wird, das arg danach klingt, als wolle man uns einen Bären aufbinden. Wir haben bis jetzt darauf vertraut, was der Chef sagt und sind gut damit gefahren.

Doch zurück nach Eilat.

Ich hatte überhaupt nicht mehr in Erinnerung, welches Briefpapier Sie dafür gewählt hatten.

Hellviolett – der Abschied rückt näher und Sie haben noch nicht gebadet. Seien Sie froh! Ich nehme an, dass Sie nicht wussten, dass es dort nicht nur Flundern, sondern auch jede Menge Hechte gibt.

Ihre Erkältungsmisere kann ich heute besser verstehen denn je zuvor. Ihr hartes Urteil über Land und Leute vor Ort hatte bestimmt auch etwas mit Ihrem Gesundheitszustand zu tun! Dennoch scheint es mir nach wie vor in hohem Maße unangemessen.

Hellgrün: die Diagnose des Arztes nach Begutachtung Ihres Zustandes: Ich würde meinen, dass unser Sprichwort von der grünenden Hoffnung nicht ganz unberechtigt ist. Essen und Trinken hält ja auch Leib und Seele zusammen. Es kommt dabei nicht unwesentlich auf die Qualität und die Dosierung an.

Auf der vorderen Briefseite klingen Sie noch arg pessimistisch, auf der Rückseite zieht aber schon eine kleine Schönwetterfront auf. Darin eingebettet sind noch kleine Störungen, aber insgesamt gibt die Seite einen Ausblick auf die besten Monate in Eilat. Sie scheinen schon Pläne zu machen.

Oder?

Gelb: Die unruhigen Nächte. Stimmt! Aber wen sollte das weniger stören als Sie, die mir aus der Schweiz noch schreibt, dass es schon tief in der Nacht ist, aber Sie um keinen Preis schlafen möchten...

Der Rest des Briefes klingt entsprechend verkatert. Lassen wir das. Sonst sagen Sie wieder, ich hätte einen „strengen Brief" geschrieben.

Dunkelpink: Das Dilemma von Gelb geht weiter... Hoffen wir, dass wir dreimal so viel von dem Guten zurückerhalten, was wir in unserem Leben bewirkt haben und nicht dreißigmal so viel von dem Schlechten…

Der Kreis schließt sich mit Hellviolett.

Haben Sie das Papier aus Moskau mitgebracht, wie meine Faxe? Doch nicht alle! Dann hätten Sie ja Übergepäck bezahlen und im Hotel ein Büro mitsamt Eveline Huseldrom dazu mieten müssen!

Ihr Brief atmet schwer, wie Sie selber in Eilat und die anderen Briefe von Ihnen aus Moskau. Die Qualität ist gänzlich anders als die von Ihren Briefen und Karten aus der Schweiz und Frankreich.

Ich nehme an, dass Sie es mit-gebracht hatten, sparsam wie Sie manchmal – aus welchen Gründen auch immer – sind.

Die Plastikklarsichthüllen, in denen ich die Briefe mitsamt Umschlägen aufbewahrt hatte, sind schon vergilbt wie Vorhänge in Raucherzimmern von Eckkneipen.

Den Briefen selber ist nichts passiert. Manches scheint mir jetzt überraschend neu, manches vertiefend schrecklich, aber die Sehnsucht nach unzerstörbarer Hoffnung ist geblieben.

Ihre

I."

Anhang zu dem Brief an Ljudmila Alexandrowna Putina:

„Zunächst war eine Bebilderung mit Fotos aus den Jahren 1996–1998 geplant.

Aus juristischer Sicht gab es gegen die Veröffentlichung wegen – aus deutscher Sicht zwar ungerechtfertigter, aber unter Umständen zu erwartender Reaktionen von russischer Seite - erhebliche Bedenken.

Alles „Papua" - oder was?

Ich habe auf die geplante Illustration verzichtet, um nicht politisch gewollten Komplikationen Vorschub zu leisten.

Hamburg, d. 17. April 2018

Irene Pietsch"

Weiterführende Bücher

von Irene Pietsch

Heikle Freundschaften – Mit den Putins Russland erleben

Authentische Information über die neue russische Polit-Oberschicht und die Familie des Staatspräsidenten Putin vermittelt dieser autobiographische Bericht von Irene Pietsch. Die Autorin schildert ihre langjährige Freundschaft mit Ljudmila Putina und berichtet über ihre Gespräche und Diskussionen mit Wladimir W. Putin über die Reformen in Russland, sein Verhältnis zu Europa und den USA, die Beziehung von Staat und Religion und die Probleme bei der Entwicklung zu einem demokratischen Staat.

Molden Verlag Wien, 2001

Der vierte Alliierte

„Der vierte Alliierte" be-
schreibt den abenteuerlichen Weg
des Buches „Heikle Freundschaften – Mit den Putins Russland
erleben". Es war als Brücken-
bauer zwischen Ost und West gedacht und wurde zum Agenten-
thriller.

Mandamos Verlag 2018

Gestatten, mein Name ist Urbs

Urbs ist Gesandter in geheimen
Auftrag einflussreicher Persönlichkeiten, um Lebensgewohnhei-
ten vor Ort zu untersuchen. Dabei stößt er auf einen verdäch-
tigen Handel mit Innovationen.

Mandamos Verlag 2016